論創ノベルス

娘剣士 守りて候

Ronso Novels 018

三咲光郎

論創社

娘剣士守りて候◎目次

序章　真冬の道場

板敷きの稽古場は底冷えしている。

師走の早朝。

連子窓《れんじまど》から鈍い曙光《しょこう》と冷気が流れこんでいた。門弟たちが打ち合っているときよりも、だだっ広くて、冷え冷えと感じる。

七歳のいずみは、たった独り、薄い稽古着に素足で、木刀の素振りを繰り返していた。

はじめは寒気《かんき》に押し包まれて腕も背中も硬くて重くて、足裏の冷たさは痛いほどだったが、五十回、百回と振るうちに、体の芯から熱いものが湧き出て体が軽くなってきた。

屋根裏の梁から、一本の細引き紐が床近くにまでまっすぐ垂れている。

いずみの木刀は、その紐の左右に、交互に振り下ろされる。

父が旅立つ前に、いずみのために結んだ紐だった。

よいか、この紐にできるだけ寄せて、振り下げるのだ。一糸《いっし》の間をあけて。

父はそう言った。いずみが試しにやってみると、まっすぐ振れずに木刀は紐を擦《こす》った。触れないときでも木刀の起こす空気の動きで紐が揺れた。

一糸の間をあけてな。そして、紐はまったく静止していることだ。わしが帰ってきたときには上手になっているところを見せておくれ。父はそう言って微笑んだ。

父上はいつお帰りですか、と訊くと、険しい顔になった。

そうだな、半月ほどで……母上の世話を頼んだぞ……。

汗が額から頬を伝う。いまではいずみの素振りのかたちはまったくぶれない。木刀は、細引きをこするように振り下ろされるが、一糸の間をあけていて、しかも紐は微塵《みじん》も動かない。父が道場を空けてすでに半月が過ぎていた。

玄関の潜り戸が開いて土間に人の気配が立った。

いずみは素振りを止めて振り返った。

一人の少年が、

「おはようございます」

と声を掛けて上がってきた。木綿の単衣《ひとえ》に着馴れた小倉袴《こくらばかま》を穿き、素足だった。

細井川信蔵《ほそいがわしんぞう》という十一歳の門弟だ。御家人の次男坊で、八歳のときから通っている。意志の強そうなきまじめな顔つきだった。いずみの父は旅立つ前、門弟たちに、しばらく稽古場を閉めると告げ、代わりの道場を紹介した。十数人いた門弟は代わりの道場に移り、大半はもうここへは戻らないようすだった。信蔵だけは、毎朝ここに来る。午前に学問塾へ行き、午後に父が紹介した別の道場へ行くのだが、塾へ行く前に必ずここに立ち寄るのだった。

信蔵は腰にぶらさげていた乾いた雑巾《ぞうきん》を手にして、稽古場の片隅に歩いていく。いずみは、あわてて木刀を戻し、信蔵とは対角になる片隅に走っていく。そこに掛けておいた雑巾を手に取った。

二人とも、無言で床の雑巾掛けを始めた。軽い足音が、たたたっと小刻みに響く。信蔵は、ここでの修行を先生は禁じられたので掃除だけを、と言って、毎朝、稽古場の雑巾掛けに来るのだった。雑巾掛けを済ませると、そのまま学問塾へ飛んでいく。いずみは、そのようなお気遣いはご無用に願いますと言うのだが、信蔵は止めない。いずみは、信蔵が来ると、自分も雑巾をつかんで信蔵の対角の側から拭《ふ》きはじめることにした。二人は無言で雑巾掛けをする。相手よりも広い面を拭いてやろうと意地を張り合っているように、板敷きの床を足を止めずに往復し、真ん中へ近づいていく。毎朝の競争は、いつもいずみの負けで終わる。四歳年上の少年のほうが、華奢《きゃしゃ》ないずみよりも、体格でも体力でも勝っている。稽古場の床の中央を通過して、さらにもうひと筋拭いた辺りで、いずみと正面からぶつかりそうになって止まる。

ところが、今朝のいずみは速かった。信蔵は中央を通過して床の端までたどり着いたが、折り返してもうひと筋には入れなかった。いずみがそのひと筋まで拭ききって、二人は同時に並んで床の縁に着いた。

信蔵は、あれ？　という顔でいずみの横顔を見た。いずみは、ふふん、と笑みを浮かべたが、あわてて表情を消した。二人はいつものように正座して、

「ありがとうございました」

とお辞儀した。いつもは正面からぶつかりそうになって向かい合って頭を下げるのだが、今朝はお互い横並びで同じ方向に頭を下げた。

信蔵は、雑巾を腰に差し、神棚に参ると、

「では失礼します」

と稽古場を出ていった。

「ご足労さまでございます」

いずみは床に正座したまま見送り、

「ふふ」

と笑った。信蔵に勝ったわけではないが、気持ちがよかった。昨夜床のなかで、速く拭く工夫を考えたのだった。腰を上げ、頭を低くして、重心を前へ前へと滑り落ちるように押し出していく。肩の力を抜いて足腰も力まないで。それが上手くいった。

「明日は五分五分の引き分けだ」

井戸端に出て雑巾を洗い、汗をかいた自分の顔も洗った。

高いところで北風が鳴っている。空を覆う灰色の雲が凍りついているようだ。冷気が肌を刺し、息と汗が湯気となって昇る。

稽古場と住居は棟《むね》続きだった。

勝手口から台所に入ってかまどに火を起こした。湯が沸くあいだに自室で体を拭いて木綿の紺の袷《あわせ》に着替えてきた。白湯を急須に入れて、母の寝間に運んでいった。

おつうは夜着を重ねて眠っていた。いずみが入る気配に、うっすらと目を開けた。

「母上、お薬を」

上半身を助け起こして枕もとの薬包紙《やくほうし》を渡す。おつうは粉薬を口に含み、手渡された湯呑みの白湯で飲むと、うつむいて息をととのえた。

いずみは背中を支えながらその横顔に見入った。いつもは蒼白い肌が、今朝は蒼みが落ちて透き通るように白い。喉もとも、手首から指先にかけても、光が浮き出ているように白かった。

「母上、寒い？」

「いいえ。白湯がお腹に下りて、あたたかい」

「朝餉《あさげ》はどうします？」

「お腹がすいたわ」

「早くいただけるようにおばさんに言ってきましょうか」

「いえ、いいわ、後でいつもどおりにいただきます」

食欲が出ている。珍しかった。良くなってきたのかしらと顔をうかがった。重い労咳《ろうがい》が長びいているのに、今朝は咳も出ない。横になるのを手伝って首まで夜着を掛けなおした。

「信蔵さんが来ていたの？」

「はい」

「ありがたいわね。子供なのに律儀な人」

「頑固なんだわ」

母の目に強い光がある。黒目がちの瞳に、星屑か水面の乱反射を散らしたみたいに光がきらめいている。熱が高いのかと思って額に手のひらを当てた。いつもの微熱だった。

「いずみ、お庭を見せてちょうだい」

「寒いわよ」

でも外を見たがるのはやっぱり元気が出てきたしるしなんだと嬉しくなり、

「少しだけ」

障子戸と縁側の雨戸を開けた。冷気が畳に流れこんでくる。

「今年ももう生《な》っていたのね」

おつうの目は前栽《せんざい》に向けられている。

葉の茶色くなったツツジに隠れるように、緑の葉に赤い小さな実を鈴なりにつけた低木がある。センリョウという木で、おつうは冬になると実が生るのを楽しみにしていた。

いずみは素足で庭に下り、十粒ほど鈴なりに生っているひと房を折り取った。枕もとに戻って、夜着から出された手のひらに乗せた。白い手のひらに、赤い小粒の実があざやかだった。おつうは細い指を曲げてその実をそっと包み込んだ。

「母上はセンリョウの実が好きね」

「父上との思い出があるんですよ」

「センリョウの実に？　どんな？」

おつうは微笑んだが疲れたふうだった。

「元気になったら聞かせて」

と言って、いずみは立って雨戸を閉めようとした。

白いものが降ってくる。

「あ、雪」

灰色の雲からどんどん降ってくる。センリョウの緑の葉に雪が乗ってゆく。

「粉雪だ。積もるかな」

雨戸を閉めようとすると、柴垣の向こうで人影が動いた。

「いずみちゃん、おはよう」

手を振っている。同じ歳のハナだった。道場と柴垣を挟んで地続きの聖天寺《せいてんじ》の一人娘だ。道場は聖天寺の寺内にあって、父が不在のあいだ、ハナの母のイネが食事の世話をしてくれていた。

「ハナちゃんおはようっ」

「ご飯だよお」

「うん」

「早く、早く」

早くおいでと手招きしながら庫裡《くり》に戻っていく。

これから庫裡で朝餉を済ませた後、ハナと一緒に手習いに行くのだ。六歳からお師匠さんの家に通いだして、かなを学び終え、いまは『女庭訓《おんなていきん》』の書写に進んでいる。他の女の子たちより早く塾に着いて裏返してある自分の名札を表に返す。誰が早いか。毎朝その競争だった。いずみは急いで雨戸を閉め、障子戸を閉めた。

「母上、行ってまいります」

「お励みなさい」

おつうは自分の顔のそばにセンリョウのひと房を置いた。後でイネが粥《かゆ》を運んできてくれる。

いずみは手習いの道具を入れた袋を提げて勝手口から出た。柴垣を過ぎると、袋の中身をがしゃがしゃ鳴らして境内を駆けだした。


宵の時分になっても雪は降りつづけ、白金《しろかね》の村は一面に白くなっていた。

いずみは寝る前に白湯を運び、おつうが薬を飲むのを手伝った。

外はしいんと静まりかえっている。

雪がすべての音を吸いこんでしまうのだろうかと耳を澄ませた。音のない世界は、わけもなく怖ろしい感じがした。

枕もとに小皿が置かれ、水を入れて朝方のセンリョウを浸してある。おばさんが朝餉の世話をするついでにこうしてくれたのだと気づいた。いのちには水が要る。赤い小さな実はいのちなのだ。

おつうは静かに横になった。いずみは、顎のところまで夜着を引き上げた。おつうの顔は朝よりもますます白くなり、雪よりもきれいだった。

「母上」

「なあに?」

「うちにも、機台《はた》があるでしょう?」

「ええ。長いあいだ使わないけれど。どうしたの?」

「ハナちゃんがね、春になったら、機織りを習うって言うの。おばさんが教えてくれるって。わたしも、できたら一緒に教えてもらえないかな」

「イネさんは、いいと言ってるの?」

「おばさんが、ハナちゃんに、わたしも誘ってみたらって。いいですか?」

「いいわよ」

おつうは、こくりとうなずいた。

「母上の着物も織ってあげる」

「楽しみね。わたしは、ここに来てから機織りを学んだから、上達するところまではいかなかったけれど」

　いずみは腕を上げ、自分の袷の袖をひらひらさせて、

「これ、大好き。母上はお上手。元気になったら教えてもらう」

　と言い、思い出したふうに、

「母上は、ここに来る前は、お姫さまだったの？」

　と訊いた。

「誰がそんなことを？」

　手習いの塾で一緒になる女の子が、とは言えず、

「なんとなく、どこかで……」

　とつぶやいた。おつうの目が遠いところを見る。

「お姫さまではないわ。ある藩の、藩士の娘だったの」

「どこの藩？」

「……いずみが、もう少し大きくなったら、聞かせてあげます」

「センリョウと父上の話もね」

　いずみの視線は赤い小さな実に落ちて、表情が陰った。

「父上はいつお帰りになるのかな。半月ほどで、とおっしゃったけど。年の暮れには帰っていらっしゃるのかしら」

「たいせつなご用で出掛けていらっしゃるのよ。少し長びいても、必ず帰ってきます」

おつうは自分に言い聞かせるようにそう言って天井を見上げた。

「どこへ？　母上のお里の、ある藩へ？」

言えないのか、知らないのか、おつうは唇を結んだ。

「早く帰ってくればいいな……でも、帰ってこなかったらどうしよう」

急に不安な気持ちが湧いてきた。父の足音が聞こえないかと耳をそばだてても、音のない夜陰が周囲を包みこんでいる。

「帰ってきますよ。父上は、いずみもこの道場もたいせつに思っていますから。いずみは、わたしたちの愛娘《まなむすめ》」

おつうの声は温かかった。母の声に不安はおさまっていく。母上は今宵はお元気だ。寝る前にこんなにおしゃべりしたのは久しぶりだった。でももうお疲れだろう。

「おやすみなさい」

行灯《あんどん》の灯を細くして立ち上がった。

襖《ふすま》を閉めて、暗い廊下を歩いていった。母上がどんどん元気になって、父上が帰ってくる頃には床から起き出していればいいな。一人でにっこりと笑った。

ああっ、と背後で声がした。悲鳴のようだった。

「母上？」

廊下を取って返して襖を開けた。

枕が外れ、おつうはうつぶせになっている。

「母上」

抱き起そうとした。おつうは目を閉じている。頬と寝巻が黒く濡れている。夜着もいちめんに黒く濡れていた。血を吐いたのだ。たくさん吐いた。

「母上っ」

おつうは目を閉じたままで、頭ががくんと揺れた。息をしていないようだった。いずみは、枕の位置を戻し、母を横たえ、濡れた夜着を掛けなおした。ぼうぜんと見下ろしていたが、がたがたと震えだした。

「母上、母上」

耳もとで呼びかけた。怯《おび》えた目を上げた。

「おばさんを、呼んでくる」

廊下に出て、台所へ走り、素足のまま勝手口から外へ飛び出した。

とたんに真っ白な冷気の壁に押し返された。外は大雪だった。雪が渦を巻いている。白いとばりの奥に漆黒《しっこく》の闇が広がっている。怖かった。胸中が凍りつくようだった。体の震えが激しくなる。後ずさった。

「……父上……」

帰ってきますよ。母の声が耳によみがえる。

闇の奥に、小さな灯りがチラと見えた。庫裡の灯りだ。

父上は帰ってくる。それまではおばさんに助けてもらって……。

いずみは前屈みになり、雪のなかへ足を踏みだした。
二、三歩行って、何かにどんとぶつかった。行く手に立ちふさがるものがある。
「いずみ、いま戻ったぞ」

父の声が降ってきた。

「父上」

「どうしたのだ？　こんな吹雪いているなかを？」

「父上っ」

いずみは叫んでしがみつき、大声で泣きだした。

第一章　機織りと剣術と

一

十七歳のいずみは、その朝、ハナと一緒に近くの畑に出た。聖天寺の所有する畑でカブを穫るというので、手伝って少し分けてもらうことにしたのだった。

師走の五日。よく晴れた早朝だった。

緩やかな斜面に開いた畑に、濃緑の葉が列をつくっている。畝と畝のあいだに降りると、土中に立った霜がつぶれて草履が沈む感触がある。小作人のお爺さんが教えてくれたとおりにカブを抜いてみた。ゆっくり揺するようにして引くと湿った柔らかい土から白いカブが現れる。白金村のカブは形がダイコンに似て長い。途中で折らないように気をつけて抜くと、土の匂いがした。

雑木林でモズの鋭い鳴き声がする。枯れた枝のあいだに見え隠れする白壁は、旗本の大小路《おおしょうじ》さまの下屋敷だ。

この辺りは、丘と谷とが複雑な起伏をつくっていて、寺院が並ぶ寺内町、御家人が住む武家地、大名や旗本の下屋敷、町家、百姓地の田畑、入会地の草場や雑木林が入り交じっている。いざ合戦の際には西からの敵を防ぎ止める要《かなめ》の地なのだと聖天寺の和尚は言うが、この地で育ったいずみには、おだやかでのんびりとした土地だと思える。

「ああっ」

ハナは、カブを中途で折ってしまい、クワで土中に残った部分を掘り出そうとする。いずみは、手にしたカブのずっしりとした重さに、満足げな笑みを浮かべた。

きいぃぃい、とモズが甲高く叫び、雑木林から畑の上を飛んでいく。

木々の向こうに、人影が動いている。白壁に沿った人けのない小道に男がいるのだ。鼠色の着物に紺の袴を穿いた武士だった。ゆっくりとした足取りで辺りを見まわし、時に立ち止まって高い白壁を見上げている。道なりに雑木林を抜けて来て、畑のそばを通りかかった。

「ちょっと道をたずねる」

こちらに声を掛けてきた。

いずみはカブを引く手を止めた。武士はいずみとそれほど歳の違わない若者だった。背が高く、痩せて、荒《すさ》んだような、ふてぶてしい顔つきをしている。目に不敵な冷たさがあった。大小を差しているが、着ている物は埃っぽい。旅の浪人者かと見えた。

「この辺りに聖天寺という古寺はないか」

ハナが腰をのばして指さした。

「この先の辻を右に折れて、坂を上がってください。山門が見えてきます。古寺というほど古くはありませんけど」

ちょっとトゲのある言いかたに、若者は険のある目つきになった。ハナは笑顔をつくった。

「わたしは聖天寺の者ですが、何ぞご用でしょうか?」

「いや。寺に用事があるわけではない。道しるべ代わりに聖天寺を教えられたのだ」

横柄な口ぶりだった。ハナは若者をじろじろと見た。

「武芸の修行中とお見受けしますが。恵美須《えびす》道場ですね。それなら、寺の隣りに。この人、道場の人ですよ」

いずみを手で示す。若者は、

「そこではない」

と目を逸らせ、すたすたと歩き去った。打飼袋《うちかいぶくろ》を背中に斜めに背負っているのはいかにも旅の武芸者だ。四つ辻を曲がることなくまっすぐに集落へ消えていく。

ハナはあきれた顔でつぶやいた。

「あやしいね。盗っ人がこの辺りを下見してるのかも」

いずみは若者の後ろ姿を見送った。

この人道場の人ですよと言われていずみを見たとき、若者は表情がいっそう険しくなり、瞳に凄い色が宿った。敵意だった。しかしいずみは若者に見覚えがなかった。

「あんなやつ、いっそ道場に忍びこめばいいのに」

ハナは次のカブに手を掛けた。

「そしたら、いずみちゃんのお父さまが捕まえてくれるから」

「何も起こらないのがいちばんいいよ」

「そりゃあそうだわ」

ぱあん、と乾いた音が響きわたった。いずみは空を仰いだ。雑木林から雀の群れが飛び立って頭上を逃げていく。

ぱあん、ぱあん、と音が続いた。銃声だった。あれは猟師がけものを撃っているのだと日頃から教えられている。確かにこの辺りには兎や猪、イタチはいるが、鉄砲で猟をすれば田畑で働く人や道行く人に当たるかもしれない。それに、この界隈は集落も近く、お屋敷もあるのだが。

だあん、だだだだぁん。連射する激しい音が空気を震わせる。まるで合戦みたいだ。いずみは眉根を寄せた。猟師たちが一頭の獲物めがけていっせいに撃ちかけたのだろうか。猟師を見掛けることは、めったにない。

流れ弾が飛んでくるかもしれない。いずみは身を低くしてカブをひっぱった。

神之木《かみのき》流、恵美須道場は、聖天寺の寺内だが境内とは柴垣で区切られている。板敷きの床が三十畳の小さな稽古場だった。近在の若者や少年が十数人通ってくる。今朝は朝稽古のある日で、袋竹刀を打ち合う音が響いていた。

いずみは井戸端でカブの土を洗い落とし、縄で結わえて軒下に吊るしていった。

稽古場が静かになり、五、六人の若者が井戸端に出てきた。勢いよく水を出し、顔を洗い、汗を拭った。

「おお、ダイコンか。うまそうだな」

屈託のない声があがる。大小路吾久郎《おおしょうじごくろう》だった。旗本、大小路刑部《ぎょうぶ》の三男坊で、雑木林の向こうの下屋敷に暮らしている。ひょろりとした体つき。色白で面長。育ちのよさそうな雰囲気を身にまとわせているが、十九歳にしては言動に締まりがない。

「そんなふうに白いダイコンが並んでいるのは、おなご衆が湯浴みをしておるようだな。ははは」

「これはダイコンではありません。カブです」

いずみは、たしなめるふうに言った。

「え、ダイコンではないのか。まあしかし、見た目はダイコンの妹といったところだ、ははは」

いずみは、さっき不審な武士がおたくの下屋敷をうかがっていましたと告げようかと考えたが、そんなことを言えば吾久郎さまはその後のやりとりがめんどうくさいと思い、カブの陰干しに専念した。あの浪人者らしき若者は通りがかりに誰のお屋敷だろうかと白壁を見上げていただけなのかもしれないし……。

「姫松《ひめまつ》にはそう見えぬか」

吾久郎は傍らの若者に言った。姫松泰治郎《たいじろう》は、

「はて？」

とカブを見た。小柄で、筋骨たくましい。肌は浅黒く、眼光鋭い。野武士のような印象があるが、大小路刑部の家人で、二十一歳。この道場には吾久郎よりも早くから通っていて、剣術の腕は吾久郎をはるかに凌《しの》いでいる。

「ダイコンの妹、でございますか？」

「おなご衆の湯浴みだ。そう見えぬか」

「見える見えないよりも、吾久郎さまはどうしてカブが女だとお思いなのでござる？　カブに男と女の別はござらんでしょう」

「あ？　おれが色気づいてると思っておるのだな」

「そうではございませんが」

「花にだって木にだって、雌雄の別があるではないか。オシベとメシベ。陽と陰だ」

「あのカブはメス？」

泰治郎は口の端を曲げてカブを眺めた。吾久郎は自信たっぷりに、

「おれにはそう見える。どう思う？　師範代は」

師範代の細井川信蔵は静かな表情で首の汗を拭いていた。八歳のときから通っていて、ここで

はいちばんの古株だった。肩幅の張ったたくましい体格、意志の強そうなきまじめな顔つき。問いかけられて、チラとカブを見た。

「拙者にはわかりません」

「そうか。それは残念。恵美須三天王の意見は一致を見ずじまいか」

ははは、と大きな口を開ける。

三天王、と吾久郎は勝手に口にしているが、他の誰もそんなことは言わなかった。恵美須道場は門弟は多くないが、実力は相当に高いと、この界隈の道場では知られている。中でも、同じ歳の細井川信蔵と姫松泰治郎は、実力も伯仲している。道場の双璧だった。大小路吾久郎はヨタ話で人をあきれさせる腕前では誰にもひけをとらないだろう。

稽古場の玄関で、

「お頼み申す」

と呼ばわる声がした。信蔵たちは顔を見合わせた。

「どなたかいらっしゃらぬか」

聞き慣れない野太い声だ。吾久郎が、

「道場破りだ」

とささやいた。さっと表情を引き締めた信蔵を先頭にしてぞろぞろと井戸端を離れていく。

さっきのあの人かしら。瞳に凄い色の宿った荒んだ顔がまぶたに浮かんだ。いずみは、カブを置いて、自分も稽古場のほうへまわっていった。

玄関土間に二人の武士が立っていた。袴に脚絆、大小を差し、打飼袋を腰に結んでいる。いずれも二十代半ば、凛々しい顔つきの、旅の修行者といったたたずまいだった。畑で見た若者ではなかった。

「武者修行の行脚《あんぎゃ》の途次で、こちらの道場の評判をお聞きしました。お許しいただけるなら、ご指南たまわりたく……」

式台に立って話を受けているのは、信蔵と姫松泰治郎だ。いずみは、訪問者が礼儀正しい分別のある人たちだと見て、ほっとした。

他流の武芸者がこんなふうに訪ねてくることは、年に何度かは、あった。この太平の御代に剣術三昧とは奇特な方々じゃ、と聖天寺の和尚は茶化して言うけれど、仕官とか立身出世とかのためではなく、ただひたむきに剣技を追究する武芸者たちは、いずみには純粋な人だと映る。父と同じ生き方の人たちなのだ。

「どうぞお上がりください」

と信蔵が勧めた。

二

カブを吊るし終えると、いずみは台所を抜けて廊下に上がり、台所の隣りの板間に入った。機織り台に就いて木綿布を織りはじめた。

父に新しい袷をと考えているのだが、新年には間に合いそうにない。急がずに織っていこう、ていねいに織りあげるのがたいせつだ、と進むのが遅い自分に言い聞かせている。

恵美須道場は寺内にあり、聖天寺が家主、父は間借り人の関係だった。和尚の安龍《あんりゅう》は、出家前は武士だったそうで、その頃から父とつきあいがあったらしい。廃屋になっていた道場を、いずみが生まれる前に、父と母に貸してくれたと聞いた。

父の身分は、旗本大小路刑部の「預かり」だった。家来ではない。預かりとは何なのか。詳しいことは聞かされていない。いずみのものごころのついた頃からずっと、父は大小路のお殿さまの「預かり」だった。三十俵扶持なし。聖天寺を通じて大小路家から下付される。でも父が大小路家のために働くことはない。家人とは違い、預かりというのは、客分みたいな地位なのだろうか。

住居の裏庭に、小さな畑をつくり、ネギ、ハナイモ、ニンジン、青紫蘇などを育てている。鶏は二羽。卵を産んでくれる。キジトラ猫のコタロウは人嫌いであまり姿を見せないけれど鼠を狩る務めはきちんと果たしている。あとは自分がもっと上手く機を織れるようになれれば、他に何も望むことのない生活だった。

稽古場から、どりゃあああっ、だあああっ、と叫ぶ声がする。

いずみは、縦糸に杼《ひ》を通しながら、くすっと笑った。大小路吾久郎が、訪れた武芸者と対峙して、大上段に振りかぶり、やたらと大きな声を出して威嚇する姿が目に浮かんだ。

いずみは筬《おさ》を打つ。吾久郎の大音声がぴたりと止んだ。あっけなくスコンと面を打たれたのだ。

いずみは縦糸を上下に分けて杼を通していく。稽古場は静かになっている。やがて、おう、おう、と掛け合う声が聞こえた。今度は、姫松泰治郎が戦うのだ。これは互角か、客がやや勝るか。

いずみは筬を動かして、耳を澄ませた。

あの二人の武芸者は、相当に修行を積んだつわものと見えた。いずみには相手のたたずまいからその人の力量が見える。泰治郎や信蔵と、互角か、それ以上の技量と見えた。もしも泰治郎と信蔵が負ければ、父の手をわずらわせることになるかもしれない。

いずみ自身は、三年前に剣術はやめた。ある出来事があって、武芸に対する気持ちが失せ、明日からは家事に努めます、と父に言った。父は、そうか、と言っただけだった。いつかきっかけがあれば娘は剣術から離れていくと思っていたのかもしれなかった。いずみが稽古場に近づかなくなっても仲のよい父娘であるのは変わらなかった。

たあっ、と気合の入った声がする。

いずみが機を織りつづけるあいだに、対戦は思ったよりも早く終わった。

二人の武芸者がそれぞれ泰治郎、信蔵と竹刀を合わせ、どうやら、どちらも客が負けたのだ。意外だった。わたしの見立て違いだったか、それとも、わざと負けたのかしら、と首をかしげた。道場主に忖度をしてわざと負けるのも、たまにあることだった。道場側に花を持たせて食事と路銀を機嫌よく振るまってもらおうとする客もいるのだ。

板間の戸が開き、父の顔がのぞいた。

「いずみ、客人に、お茶と、何か食べる物を出してもらえんか」

「雑炊と、漬物しか……」

「それでよい。客間に通しておくから」

いずみは台所で渋茶を淹れて客間に運んだ。

二人の武芸者は着物と袴に着替え、並んで汗を拭いていた。

「かたじけない」

かしこまって頭を下げた。二人とも世間ずれしていない、まっすぐな人柄だと思えた。一飯のためにわざと負けるようないじましさ、さもしさは感じられない。

「恵美須どののご息女でござるか？」

「はい」

「いやあ、こちらの道場は噂どおりに実力者ぞろいだ。勉強になり申した」

右前腕に赤く打ち身ができている。後に痛みの残らない程度の当たりだ。これは、打たれたのではない。わざと打たせたのだ。この二人、試合は適当に切り上げたようだ、と思った。

「少しばかりで申し訳ございませんが、ただいま雑炊をお持ちしますので」

「あ、どうか、おかまいなく」

台所に下がって、雑炊と漬物、残っていたカワハギの干物を炙って膳に添えた。

客間に運んでいくと、父が対座して話していた。どこの道場がどうで、という雑談だったが、膳を置きながら耳にしているうちに、二人の客に、いずみはどういうわけか親しみを覚えていた。

「われらはいましばらくこの界隈の道場めぐりをしようと話しておるのでござるが、こちらにもまた習練に参ってよろしゅうござろうか」

「もちろん。いつでもどうぞ。ああ、いずみ、今朝のカブを、土産にひとつずつ」

客は手のひらを上げた。

「いや、もうこれ以上は。お気遣いなさらぬように」

いずみは立って軒先に吊るしたカブを下ろしに行った。父が話を聞かれたくなくていずみを客間から追い出したような気がした。

カブを下ろしながら、気がついた。あの二人に親しみを覚えたのは、話す言葉の抑揚にどことなく聞き覚えがあるからだった。

どこかの訛りがまじっている。わたしにも微かに残っている訛りだ……。

七歳のときに亡くなった母が話していた言葉。その訛りの懐かしさを、二人の客の言葉に聞き取ったのだ。

武芸者たちはしばらく父と話して、道場を辞した。いずみは、寺の門前の道まで見送り、カブを包んだ青海波の柄の風呂敷包みを手渡した。

「おお、これは」

厳しい顔つきに、人の善い笑みがこぼれた。

「かたじけない。風呂敷はお借りしておきます」

「お気をつけて。あの」

「何かな?」

「どちらからお越しになりました?」

武芸者は左右に鋭い視線を走らせ、

「信州でござるよ」

ささやき、微笑んだ。

その日の夕餉は、雑炊と漬物に、カブの葉っぱの煮びたしを付けた。

カブをふたつも武芸者たちにまわしてしまったとわかっているので、父は膳を見下ろして、何も言わずに箸を取った。

「あの方たち、信州から修行に来ているんですって」

父の蔵人《くらんど》はあまり関心がないふうに煮びたしを口に入れる。

「この時季になると道場をまわる人が増えるのかしら。お国に帰るための路銀も要るだろうし」

「それはあるな。国に帰らずとも、おおつごもりには借金取りが押しかけてくるから。何かと入り用になるさ」

「え、まさか、父上、あの二人に、お金も渡したの？」

「それはそうさ。手ぶらでは帰せんだろう。いくら貧乏道場だからといっても、みっともない真似はできん。寸志ということで、ほんのちょっぴりだが、路用の足しに」

「うちのおおつごもりは……」

「何とかなるさ、ギリギリで」

漬物をぽりぽりとかじる。いずみもぽりぽりと音を重ねる。

まあ、何とかなるか。父娘二人、ぜいたくをするわけでもなし、元気で新年を迎えられさえすれば。

蔵人は四十五歳になる。壮健で、ぜい肉も付いておらず、剣技はますます磨かれていく。母が亡くなったときには道場を空けていたが、それから十年間、一日二日留守にすることはあっても、長期間ここを離れたことはなかった。いずみにとっては、父が家にいてくれるだけでよかった。あの大雪の夜のように独りきりになることさえなければ、じゅうぶんしあわせなのだから。

「他にもいたのか?」

「え?」

「さっき、この時季になると道場をまわる人が増える、と言っただろ。今日の二人の他にも、来た者がおるのか?」

「いいえ。うちには来ていません。でも、今朝、お寺の畑でカブを穫っていたとき、大小路さまの下屋敷から村へ抜けていく道を、若い方が通って。聖天寺へはどう行くのかって訊いてきたの。背中に打飼袋を掛けて。旅の武芸者みたいな。うちへ来た二人と、似たかっこうだった……」

思い出す目になって、つぶやいた。

「あの二人より、腕が立つかもしれない」

「どんな男だった?」

いずみはそのときのようすを詳しく話した。蔵人は、雑炊をすすりながら聞き、

「ふうん……」

べつに何も言わなかった。

「ハナちゃんは、盗っ人の下見かもって」

「聖天寺もうちの道場も、盗る物などないだろう。まあ、用心するに越したことはないが」

茶を飲んで、立ち上がった。

いずみが台所で食器を片付けていると、

「ちょっと出掛けてくる」

と蔵人が顔をのぞかせた。袴を穿き、大小を差し、寒さ避けの羽織を羽織っている。普段なら、風呂好きの蔵人は、夕餉の後に自分で火を焚きつけて湯殿を温め、風呂に入ることが多かった。さっきからその気配がないので、今夜は入らないのかしらと思っていたところだった。

「こんな夜に？」

「和尚に、囲碁に誘われていたのでな。軽くやっつけてこよう」

いずみが腰の大小に目を留めているのに気づき、

「ついでに、少し辺りを歩いてくる。ハナちゃんが要らぬ心配で怖がっているといけないから」

と付け足した。

「お気をつけて」

「囲碁が長引くかもしれん。あの和尚、負けるとしつこいからな。いずみは先に寝ておれ」

三

板間で機を織っていたが、足腰が冷えてきたので、自分の部屋に移って夜着にくるまった。父の帰りを待っていつもより長い時間織っていたから体の芯が冷たくなっている。

夕餉を済ませて蔵人が出掛けたのは暮れ六つを過ぎた時分だった。いまは五つ半（午後九時）をまわっている。

行灯の細い灯に陰影が揺れて、天井板の木目模様が不気味にうごめいている。ごおお、と音がする。夜空の高いところで北風が渡っているのだ。冬の音だ。もう師走なのだ。いずみの瞳に暗い色がにじみ出る。

この季節、好きじゃない。師走は。

……木戸を開けると、目の前に、いちめん白い雪が舞っている。激しく吹雪いて、渦を巻いて、白い壁みたいに圧してくる……

いずみは上半身を起こし、幻影を追い払うと、ふうっと溜め息をついた。ああそうだと思い出した顔になって、床を出ると、押し入れを開けてがさがさと行李《こうり》のなかを探した。

取り出したのは、六寸（約十八センチ）ばかりの懐剣だった。黒い漆塗りの鞘、白い糸巻柄の護身刀で、母の遺品のひとつだ。少しだけ抜いてみると、白刃が灯りを吸って冴え冴えと光を放っている。枕の下に隠した。

「年の瀬になると物騒だから」

とつぶやいた。

ガタ、と物音がした。はっと耳を澄ませた。

台所の勝手口から人が入ってくる物音がする。

「父上？」

台所へ見に行った。暗い台所の土間に人影が動いていた。甕の水を柄杓《ひしゃく》で汲んでそのまま飲み、ごそごそと手拭いを取ると、上がり框に腰を落とした。

「父上」

「ああ、起きておったか」

「どうしたのですか」

疲れた声で、遠くから走ってきたみたいに息切れしている。いずみは急いでろうそくの灯をともした。蔵人は顔が蒼ざめて、額にも首にも汗がふきだしていた。

「何でもない。もう寝ろ。わしも着替えて寝る」

右手で手拭いを握りしめて、それで左の二の腕を押さえていた。

「怪我したの？　見せて」

手拭いを除けると、羽織も袷も一文字に切れて、血がにじんでいる。押さえていた手拭いも赤黒く濡れている。いずみは羽織と袷の袖をめくり上げた。二の腕の傷から血が流れていた。

「斬られたの？」

「枯れ木の枝が、風で折れて落ちてきた。うかつだった」

二の腕の外側が二寸（約六センチ）ほど、スッパリと切れている。いずみは手拭いで傷の上から縛った。

「傷は少し深いわ。洗って手当てをしなければ。和尚さんにしてもらいましょう」

聖天寺の和尚は医術や骨接ぎの心得もあった。

「いや、大丈夫だ。和尚はもう寝ておるわ」

「囲碁に負けて悔しいのならまだ目が冴えてるはずだわ」

父上、さあ、とうながすと、蔵人は案外素直に立ち上がった。よろめいて、怪我をした腕に力が入ったのか、微かに顔をしかめた。


「危なかったな。スッパリとやられておる。筋を断たれる寸前だ。おぬしもそれが気になって来たのであろう」

安龍和尚は、傷口を焼酎で洗い流し、薬草を貼りつけ、サラシを巻いて止血した。

「二、三日寝て暮らせ。動くと傷口が開く」

五十年輩で、恰幅が良く、隠れ寺の住職というよりは宿場人足の親方というふうな、いかつい人相だった。見慣れると、エラの張った四角い顔に、愛嬌のある小さな目が瞬いているのに気づいて、悪相が善相に見えてくる。

「しかし恐ろしいやつがおるな。神之木流の達人、恵美須蔵人を斬るとは」

「枯れ枝が落ちてきたんだ」

安龍は、ふんと鼻で笑った。

「腕の立つ枯れ枝だわい。それで？　肉を斬らせて骨を、いや、幹を、断ってやったのか」

「そういうことではないと言っておる」

蔵人は脇に置いていた自分の太刀を取り、傷ついた腕に力を入れないようにして抜きはらった。

白刃が灯火に鈍く輝く。血や脂で汚れておらず、きれいだった。何かを斬った形跡はなかった。

「得心したか」

「なるほどな」

安龍はまだ何か言いたそうだったが、いずみとハナを両脇に抱きかかえるようにしてようすを見ていた妻のイネが、

「もう、お止しなさいな。いずみちゃんが怖がるでしょ」

と制すると、

「いずみちゃん、心配するな。枯れ枝が落ちてきても殺気が立たないから、いかな剣豪でもこんな憂き目に遭うさ。弘法も筆の誤り。サルも木から落ちる。あ、落ちたのは枯れ枝だったな」

目を細めてふざけた。蔵人は太刀を鞘におさめて言った。

「ハナちゃんも安心しなさい。この辺りには、あやしい気配はなかったから」

「ありがとう」

ハナはぺこりと頭を下げ、

「でも、見回りに出たせいで、怪我をしちゃったね。わたしが盗っ人なんて言ったから、怪我を

させちゃった」

とうつむいた。いずみは、

「それは違うよ」

と首を横に振った。

「わたしが父上に言ったのよ。だから父上は」

「いやいや」

と蔵人は言った。

「体がナマッていたので、ちょっと外を歩こうと思ったんだ。自分の考えだ。カブの葉っぱが美味くて、つい食べ過ぎた」

「葉っぱ？　カブは食べなかったのか。うちはカブだったぞ」

と安龍が言った。

「今宵は葉っぱだった。好きなものは明日に取っておくものだ」

「それは違う。好きなものから食べるのがよい。明日が必ず来るとは限らんぞ。おろかだな」

「おろかとは何だ」

「枯れ枝が腕ではなくておぬしの首に落ちておれば、明日はなかった。カブを食べずじまいだったぞ」

「落ちたのは首にではない。腕にだ。おろかなことを言うのはそっちだ」

「お止しなさい、二人とも、大人げない」

とイネは制して、

「ところでね、蔵人さん。わたしの知り合いで、蚕を飼って絹物を織っている店があるんですけど。蚕が増えてきて、絹糸をまわすことができるから、おたくでも絹物を織ってみたらどうかって誘ってくれるのよ。それで、うちでも絹を分けてもらって、やってみようかって話しているの。よかったら、いずみちゃんも、どうかしらね？　いずみちゃん、どう？」

いずみはうれしそうにハナと顔を見合わせた。絹のつやつやと美しくて手触りの良い感触を思い浮かべた。絹物を織りたいとあこがれていたのだ。

「やってみたい」

「蔵人さん、かまいませんか？」

「うむ、まあ……」

「いずみちゃんもハナも、自分の嫁入り衣装をそろえる年頃だし」

ハナがむきになって、

「そんなことはいいよ。そんなことより、絹物なら高く売れて、暮らしの足しになるじゃない」

「じゃあ蔵人さん、よろしいですね」

「はあ、いずみがやると言うなら」

蔵人はあいまいに言い、暗がりに顔を向けて何かを考え込んだ。

一緒にやろう。いずみは目を輝かせてハナとうなずきあった。

四

翌朝、いずみは髪を結いなおした。イネが絹糸をまわしてくれる織物屋へ挨拶に行くと言ったので、ハナと一緒についていって絹織りについての話を聞くことにしたのだった。織っている途中の父の袷を後回しにしても、得難い機会なのだから許してもらえるだろう、と自分に言い訳をした。

形の崩れかけていた島田をきちんと結いなおすと、根元が低くなってしまい、町人みたいだと言われないか気になった。鏡をのぞきこんでいると、とつぜん何かが背中に飛び乗った。

「ひえっ」

キジトラ猫のコタロウだった。肩にしがみついて、結ったばかりの頭髪をぺろぺろと舐めている。鬢付け油の新しい匂いが好きなのだ。

「止めて」

顔を押して下ろすと、コタロウは気が済んだのか、床に座って後ろ脚をぴんとのばし、毛づくろいを始めた。いずみは鏡をのぞいた。自分ではこの髪型を気に入ったので、武家の娘であることを示すために地味な袷に地味な帯を合わせて、きりりと締めた。

道場の朝稽古のない日だった。ピイィ、ピィ、とヒヨドリの声が近くで聞こえる。

いずみは父の寝間に寄って、

「父上」

と襖を開けた。蔵人はあぐらをかいて壁にもたれ、目を閉じていた。傷ついて巣に籠もっている鳥のようだった。部屋の端に座ったいずみを見て、

「出掛けるのか」

と背筋をのばした。

「おばさんとハナちゃんと、織物屋へ行ってきます」

「そうか」

髪の結い方を叱られるかと思ったが、蔵人は日頃からそういうことにはあまり頓着しない。

「気をつけてな」

と言っただけだった。

「父上、サラシを替えておきましょうか」

「さっき自分でやったよ」

「傷は痛みますか？　町で薬を買ってきましょうか」

「いや、こうしてじっとしておれば、じきに」

言葉を切って、あらためていずみを見た。

「いずみに、頼みたいことがある」

「何でしょうか」

「稽古場に出てくれんか」

「掃除ですか」

「剣術をふたたび始めてほしいのだ」

「は?」

「わしはこの通りで、しばらく腕が使えん。昨日のように他流の者が来たときに……」

「細井川さんと姫松さんがいるではありませんか」

「それはそうだが、万が一の場合、二人では心もとない」

「あの二人を打ち負かすような相手なら、わたしなど居ても役に立たないわ」

蔵人は首を振った。いや、そんなことはない、と言わんばかりに。

「わたしは、もう三年、木刀を触っていません」

「勘はすぐに戻る。わしの傷が癒えるまで、しばらくのあいだだ」

「しばらくのあいだ?」

「半月か、ひと月……」

いずみは蔵人を見つめた。

「でも……絹織物のほうは?」

「機織りの手の空いたときだけ、稽古場に出てくれればよい」

手の空いたとき、だなんて。機織りも剣術もそんなに簡単ではない。どちらもやるのは、無理だ。これからハナちゃんと一緒に始めようというのに、剣術も始めれば、機織りのほうはどんどん遅れてしまうに決まっている。木綿とは違う。初めての絹織りなのだ。わたしはもう剣術はやめたのに。三年も経って、いまさら。

とまどいと怒りが入り交じって渦巻いている。剣の道に引き戻されるなんて嫌だった。でも、父がこんなふうに、こんなことを頼むのは、初めてだ。よほど困っているのか。何ごとかを深く考えた末なのか。すぐに断るのもためらわれた。といっても、はいわかりました、ともうなずけない。

「考えておいてくれ……イネさんが待ってるだろう。行っておいで」

蔵人は壁にもたれて目を閉じた。

山門前の坂道を東へ上ると、竹林の丘を抜けて、百姓地の田畑を下り、寺院が集まる寺内町、さらに田畑や雑木林を通り、荷駄や人が往来する町家の並びに至る。その先をもっと行けば、御家人の住む武家地を過ぎ、高輪、品川といった駕籠や旅人で賑やかな東海道の町並みに通じている。

イネが手土産に用意したカブの風呂敷包みを、いずみとハナは代わりばんこに提げて坂道を上り、下った。

いずみは、ハナとイネと屈託なく喋りながら歩いていたが、時折り、ふっと瞳が陰った。

父の言葉が心に波紋を起こしている。

武道に戻る。はっきり言って、嫌だった。たとえ短いあいだであっても。やはり、帰宅したら断ろう。父上に期待を持たせる前に。でも……うちの道場は、細井川信蔵と姫松泰治郎という双璧がいても、それだけでは手薄なのだろうか。あの二人なら名門の大道場の剣客と闘ってもひけはとらないはずなのに。

父上は門弟たちをどう見ているのか。いったい何を考えているのか。自分がうかつにも怪我をしたことで気の迷いが生じているのだろうか……。

三年前、いずみは幼い頃から続けてきた稽古をぷっつりとやめた。

ある出来事があった。怖ろしいものを見たのだった。人が斬殺されるのを目の当たりにしたのだ。

それは晩秋の夕暮れどきのことだった。いずみは坂の下の集落から帰宅する道で、畑のなかの四つ辻にさしかかった。二人の武士が路上で向き合って立っていた。辺りに他の人影はない。一人は、いずみの知っている男だった。道場の門弟だった湊《みなと》という青年で、大小路の下屋敷で家人として勤めていた。人当たりの良い優しい人柄で、いずみも兄のように親しんでいた。いずみは、あ、湊さんだ、と声を掛けるつもりで近づいていった。だが、湊はもう一人の男と睨み合っていた。いつもの湊ではない。厳しい横顔が近寄りがたかった。

二人のあいだに緊張した空気が張りつめているのに気づいた。無言で、殺気立っている。何があったのか、一触即発といった気配だ。いずみは足を止めて、路上に長い影をのばして動かない二人を見守った。

もう一人は見たことのない五十年輩の男だった。がっしりとした体格で、羽織りに野袴。顔つきはごつごつとして、いかつい造りだ。太い眉に、眼光の鋭い威圧するようなまなざし。

喧嘩でもしているのか、と思った瞬間、二人は同時に刀の柄に手を掛けた。

二人のあいだでギラッと光るものがあった。見知らぬ男が、抜く手も見せない早業で太刀を振るい、それが一瞬、夕陽を反射させていずみの目を射たのだ。

湊は、柄に手を掛けたまま、ぐらりと傾いた。

首の辺りから血しぶきが吹き上がった。血は湊の着物を赤黒く染めていく。湊は足をふらつかせ、二、三歩泳ぐように前へ出て、砂埃を上げて倒れた。

湊さん、いずみの叫びは喉の奥でかすれた。駆け寄ろうとしても足がすくんで動けない。

男は湊の袴の裾で太刀の血を拭い、鞘におさめた。

「湊さん」

ようやく震える声が出た。男がこちらに顔を向けた。冷厳な眼光に射すくめられた。

「なぜ、斬ったの？」

怖れのなかに怒りが芽生えていた。

「湊さんが何をしたというの？」

いずみがまっすぐに正義のまなざしを返したのを、男はいぶかしそうに見た。

湊さんを助けなければ。足が前に出た。男が立ちふさがった。いずみはとっさに素手でかまえた。男の目に凄い光が宿った。いずみの身ごなしに武芸者の気骨を見てとったのだ。男の手が柄に掛かった。次の瞬間、男は殺気を発して眼前に迫っていた。いずみは道端から畑に転げ込んだ。乾いた土をつかみ、男の顔に投げつけた。男は飛んでくる土を避けて足を止めた。

湊、と男の呼ぶ声がした。曲者、とべつの声が叫ぶ。下屋敷のある雑木林のほうから侍たちが駆けつけてくる。

男はそちらを見て、いずみにチラと視線を飛ばし、夕闇の迫る谷川へ下る道を早足に去っていった。侍たちはそのあとを追うが男の姿は丈高いススキの陰に消えていた。

いずみは起き上がって湊に駆け寄った。驚いたように目を見開いた顔が血で汚れていた。瞳に薄い膜が張ったみたいで、すでに生きた表情は失せていた。優しいお兄さんのような青年が、いずみが呼びかけてももう笑顔を見せなかった。

男の姿は近在から消え、行方は杳として知れなかった。二人が争った理由もわからないままだった。いずみは、このことがあって、武道を進んでいけばこういう場面に至るのだ、と思った。武術と武術は呼応する。やがて自分も人に斬られるのだろう。それにも増して、人を斬るかもしれないのが嫌だった。いずみは、袋竹刀や木刀で稽古していて、真剣に触れたことはまだなかった。人を斬る技量を高めて真剣を手にする。それを考えただけで、気持ちが重くなった。真剣での習練を始める前に剣術修行はやめようと決めた。

イネは、いずみの目に陰がさすのに気づいても、知らぬ顔で明るい雑談に花を咲かせた。蔵人の怪我でいずみが落ち込んでいると思ったようだった。

寺の土塀に挟まれた道を下ると、冬の青空が開け、雑木林と冬枯れの田んぼの向こうに町家の瓦屋根が並んでいるのが見えた。

通りかかった雑木林の前に、人が何人かたたずんでいる。

足を留めて林の奥をのぞきこんでいるのだ。いずみたちは野次馬にまじって薄暗い林に目を向けた。

木々のあいだを小径が通り、林のなかに人の背丈ほどの古い祠《ほこら》がある。その周りに、武士が数人立っている。三つ紋黒羽織の着流し姿。町奉行所の定町廻り《じょうまちまわ》りの同心たちだった。朱房の十手を手に持っている者もいた。祠の裏に出たり入ったりしている。

イネはそばにいた農婦にたずねた。

「何かあったの？」

「お侍が斬られたそうだ」

農婦はささやいた。

「今朝あそこで死体が見つかったって。二つもだ」

「お侍が二人も？　怖いねえ」

祠の後方で、同心の一人がしゃがんで見下ろしている。

地面に、足袋と脚絆を穿いた足がのびている。死体の足だ。紺色の袴の一部も見えた。

いずみには、見覚えのある袴だという気がした。昨日、道場を訪れた二人の武芸者の一人が穿いていたのは、あんな袴だった。胸が冷たくなる思いがして、死体の袴を見つめた。よく見掛けるありふれた袴なので、そうだとは言いきれない。だが、侍の死体が二つ、と聞いて、ひょっとしたらという疑念が強くなっていく。

しゃがんでいる同心を知っていた。定町廻り同心を拝命するまで恵美須道場に通っていた、塚《つか》西源之進《にしげんのしん》という二十代半ばの御家人だ。いずみは、声を掛けて死体の素性をたずねてみたかった。けれども、道から祠までは離れているし、源之進は他の同心たちとむずかしい顔で話し合っている。

「さ、行くよ」

イネがうながした。いずみはハナと並んで歩きだした。小石を踏んで足裏が痛かった。提げているカブの風呂敷包みがずっしりと重くなったように感じた。

絹物を扱っている織物屋には半刻ほどいた。浜吉という絹織りの職人頭から絹糸の扱い方を教わったり、織り子たちが実際に織っているところを見せてもらったり、楽しい時を過ごした。いつからどれほどの絹を預かるかといった具体的なことは追って相談しましょうと約束して、店を辞した。

町家の並びを帰っていくと、番屋があった。同心や手先がうろうろしている。町の人はものものしい雰囲気を避けて道の端を行き来していた。

いずみは、どうしようかと迷う表情でその前を行きかかったが、決心したふうに、

「寄っていくところがあるから。先に行ってて」

と言い、番屋の木柵に近づいていった。狭い庭で立ち話をしている同心に、

「あの。塚西さまはおいででしょうか」

とたずねた。

塚西源之進は、番屋の障子戸を開けて濡れ縁に出てくると、

「いずみさん、ご無沙汰しています。どうぞお入りなさい」

と手招いた。目もとの涼しげな実直そうな青年だ。いずみが庭を横切っていくと、源之進は腰をかがめて目の高さを合わせた。

「先生はお元気ですか。忙しさにかまけてご挨拶にもうかがわず失礼しています」

やさしい口ぶりだが、目では、どうかしましたか？　と問うていた。

「あの……お調べ中の、亡くなったお侍さんですけど。身元はわかりましたか？」

「いや、それが、旅の者らしいのだが。手形も、身分証も、持っておらんので」

「昨日うちの道場を訪れた武芸者かもしれないと思ったもので」

源之進の表情が厳しくなった。

「どうしてそう思うのです?」

「さっき、道から、祠の後ろに倒れている足元が見えたんです。穿いている袴が、何となく似ていて……違うかもしれませんけど」

源之進は、

「お上がりなさい」

濡れ縁からいずみを上げて、同心たちが座っている座敷を横切り、奥の板間に導いた。

小さな板間には、戸板に乗せてムシロを掛けた死体が二体並べられていた。土と血の臭いがした。いずみが、すくんだように敷居にたたずむと、源之進はムシロを上げて死体の顔をさらした。

昨日の二人だった。蠟のような肌の色で、額や頬に土が付いていた。厳しい表情のままの死に顔だった。一人は額を縦に割られている。いずみは、

「この方々です」

と言って顔をそむけた。源之進はムシロで覆い、

「どこの誰ですか?」

と訊いた。

「信州から来たと言ってました。名前は存じません。父なら、もっと聞いているかもしれません」

源之進は、いずみを座敷に座らせ、昨日二人の武芸者が道場を訪れたいきさつを話させた。

「よく教えてくれました。後ほど道場にうかがって、先生にも話を聞かせていただこうと思います」

源之進はやさしい口ぶりに戻ってそう言った。

いずみの話に耳をかたむけていた同心の一人がたずねた。

「つかぬことをお訊きするが。その二人が道場を訪ねた際に、ご門弟たちとのあいだに、遺恨のようなものが残らなかったか？」

「遺恨？」

「たとえば、手合わせをした相手と、勝敗について言い争いになったとか」

「いいえ。ありません。二人とも、うちの門弟に負けましたけれど、ずっと礼儀正しくて。その後、父とも談笑していました」

竹刀を交えた手合わせの結果、遺恨が生じて、うちの門弟たちが二人を闇討ちにした。そんなことを推測しているのだろうか。いずみは腹が立った。

「お二人が仲たがいして、相討ちになったのではございませんか？」

思わずそう言ってしまった。同心たちは黙ったきりで何もこたえなかった。どうやら、死体を検分して、そんな状況ではなかったと判断しているらしい。だが、あの二人は相当に腕が立ったはずだ。闇討ちとはいえ、簡単に二人そろって斬られたとは考えにくい。

源之進は繰り返して礼を言い、いずみを道まで送り出した。

道端にイネとハナが心配そうな顔で立っていた。いずみが出ていくとハナは小さく手を挙げた。

「待っていてくれたのね」

いずみは小走りに駆け寄り、泣きだしそうになった。自分が要らぬことをしてしまった気分だった。歩きながら、いずみは二人の武芸者たちのいきさつを語った。イネは相づちを打って聞き、

「その方たちはお気の毒ねえ、修行の道半ばで」

とつぶやいた。

町家の並びを抜け、枯れ草ののびた田んぼのあいだを通り、死体のあった雑木林にさしかかった。すでに人けはなかった。

「ちょっと待っていて」

いずみは林のなかへ小径を駆けていき、祠の裏側で、死体のあった地面に手を合わせた。昼間でも薄暗く、冷え冷えとしていた。

あの二人は、寒い夜に、こんなところへ、いったい何をしに来たのだろう。ここは修行には関わりがない場所だ。

辺りを眺めた。枯れ葉に覆われた地面に赤黒い血糊が残っていた。祠の板にも血が飛び散っていた。しかし、地面も枯れ葉も、それほど踏み荒らされていなかった。二人は、長く闘わずに、ほとんど抜き打ちに斬られて致命傷を負ったのだ。手練《てだ》れの剣客の仕業だと思われた。

道へ戻ろうとして、ふと雑木のあいだを見下ろした。

下生えの枯れ草に隠れるように、カブが二つ、落ちていた。いずみが土産に手渡したカブだった。注意深くその辺りを見まわした。

「いずみちゃん?」

道からハナが呼ぶ。

「はあい」

足もとを見まわしながら歩きだした。

「風呂敷が、ない」

五

いずみのあとを追いかけるように、塚西源之進が道場を訪ねてきた。

いずみは客間に渋茶を運んで、源之進と父のやりとりに自分も話を補い、その場に座っていた。

父も二人の武芸者についてはあまり知らなかった。住吉と鳥居、と名乗り、信州から武者修行に出てきた、浪人中なのでどこかに仕官の口はないかとあてもなく探している、と言っていた。

奉行所もあまり調べは進んでいなかった。二人は、町の飯屋で夕餉を取り、この辺りに旅籠はないかとたずね、教えられて出ていった。その旅籠に二人は姿を見せていない。飯屋から旅籠へ行く前にあの祠へ行ったと考えられる。祠の周辺で他に人を見たという話はまだ入ってこない。わかっているのはその程度だった。

「探索は厳しそうだな」

蔵人が言うと、源之進は肩を落とし、頭を掻いた。

「いやあ、夜になると人の行き来が絶える場所で。見たり聞いたりした者がいませんから」

「真相も下手人も闇のなかか」

蔵人は腕組みをして、痛そうに顔をしかめ、そっと両腕を下ろした。源之進はそれに目を留めた。

「先生、打ち身ですか?」

「切ったのだ。枯れ枝が落ちてきて」

先生ほどの人が、と驚きの色を浮かべ、

「お大事になさってください。では、お邪魔しました」

と座を立った。

いずみは山門の前まで見送った。境内を通り抜けながら、いずみは、

「残念ですわ」

とつぶやいた。

「見聞きした人が出てこなかったら、あのお二人のことはそのままに終わってしまう。昨日はあんなに元気だったのに」

源之進はいずみをチラと見てたずねた。

「先生のお怪我のほどは？」

「たいしたことはありません。風に折れた枝が落ちてきて当たったそうで。暗かったものですから」

「昨夜？」

「ええ」

源之進はお辞儀をすると急ぎ足で坂道を上っていった。黒羽織の着流し姿が小さくなって竹林の陰に見えなくなると、いずみの胸中に、もやもやとした黒い影が広がりだした。それが何かはわからないが、自分には見えていないところで何かが起こっているという気がした。起こりはじめている、といったほうが正しいのかもしれない。昏い流れがよどんでいっぱいに満ちあふれ、堰を切ってどっと流れだそうとしている。そんな不安が胸をふさいでいた。

境内の隅で、笹の群れがザワザワと鳴った。いずみは身がまえて視線を走らせた。

にゃあ、と鳴いた。

「コタロウ」

キジトラ猫のコタロウの顔が笹のあいだからのぞく。いずみの肩から力が抜けた。コタロウは、何かをくわえて、ザワザワと笹を分けて行く。

「獲物を捕まえたの？」

コタロウは茂みに囲まれた空地に隠し場所を持っている。そこまで引きずっていって、枯れ葉に覆われた地面を前脚で掘りはじめた。

「ネズミ？　スズメ？」

茂み越しに首を伸ばしてのぞきこんだ。

「何それ？　ちょっと、コタロウ、待って」

身を乗り出して、それをつまみ上げた。ぼろ布だった。黒く汚れて、露に濡れている。

「風呂敷……」

青海波の柄があった。昨日、二人の武芸者に土産としてカブを手渡した。この門前でだった。そのカブを包んでいた風呂敷だ。それがここに落ちていた。中身のカブは二人の死体と一緒に丘の向こうの雑木林の祠に転がっていたのに。

にゃあ、と獲物を奪われたコタロウが怒った。いずみは風呂敷を見つめた。細長く折り畳んで帯のようにしてあった。黒い汚れが染みついている。血だった。

いずみは自分の部屋に戻ると鏡の前に座った。島田に結った髪をじっと見つめていた。稽古場から袋竹刀を打ちあう響きや気合いの籠もった声が聞こえてくる。髪からかんざしを抜いた。髪型が崩れた。島田を解き、櫛で髪をすいてまっすぐに下ろした。長い黒髪を、首の後ろで白布を括って締め、その先は背中に垂らした。押し入れを開けて行李を出し、重ねた着物の下のほうから、白い稽古着と紺の袴を取り出してそれに着替えた。

小さな鏡に、剣士姿の娘が映っている。

剣術をふたたび始めてほしいのだ。

父のその言葉の持つ重さと深さが、いずみにはわかってきた。

何かが起きようとしている。その事態には、剣技をもって対しなければ、対処できないのだ。番屋の板間に横たわっていた二人の武芸者の死に顔が脳裡に刻まれていた。

稽古場に居て、父上の手助けをしなければいけない。といっても、べつに真剣を持つわけではないのだ。三年前のように門弟にまじって木刀で習練する。自分にできるのはそれだけ。できることをすればいい。父上をお助けするのだ。

鏡に映る自分は、決然とした表情で、絹織りからは一歩遠ざかるので少しさびしそうな顔をしていた。

その姿で稽古場へ行った。

やあっ、やあっと打ち合う声が、すうっと退き、しんと静まり返った。門弟たちの驚いた顔、あっけにとられた顔がこちらに向いている。いずみは稽古場の端に立って頭を下げた。

「本日より、習練に加えていただきます。よろしくお願いします」

は？　はあ、よろしく……と理解できていないふうに皆はいずみを見ている。いずみが剣術をしていた頃からここにいる細井川信蔵や姫松泰治郎らは、なぜ、また？　いきなり？　と不思議そうな表情だった。

蔵人は上座で眺めていたが、

「娘のいずみだ。知らぬ者はおらんな。身共の怪我が癒えるまでのあいだ、習練に加わることになった。遠慮なく稽古をつけてやってくれ」

と言いわたした。皆は呑み込めないという表情でいずみに会釈した。

稽古が再開されると、蔵人はどこからか細引き紐を持ってきて、稽古場の片隅で、その片端を屋根裏の梁に投げ上げた。もう片端を輪にして、梁から下がった片端を通し、ぐいと引く。いずみの前に、ひと筋の細引きが垂れ下がった。

「勘を取り戻せ」

いずみは、壁際の木刀を架け並べたところから三年前に掛けたままになっていた自分の木刀を取り、細引きに一糸の間をあけて素振りを始めた。

紐は空気の動きで微かに揺れた。

勘を取り戻す。無心になろうとして黙々と木刀を振り下ろした。

六

休憩のあいだに大小路吾久郎が寄ってきた。

「いずみさんは前に剣術をやっておったのか？」

「はい。十四の歳まで」

「それがどうして、いまになって、また？」

「少し、やりなおしてみようかと思って」

「ふうん。殊勝な考えでござるな。しかしながら」

まじめくさって、

「少しやりなおしたい、などといった生半可な気持ちでは、われらの足手まといとなって、習練の場を乱すやもしれぬな」

といずみを見据えた。

「邪魔にならぬように励むつもりです」

「とはいっても、若いおなごがなあ」

姫松泰治郎が横から、

「吾久郎さま、いずみさんは、なかなかの腕前ですぞ」

と諫《いさ》めた。

「ふうむ。では、拙者と一手、手合わせをなさい。いずみさんの技量を見定めたうえで、どのような習練をするのがよいか、教えて進ぜよう」

ますますまじめくさってそう告げた。

「わたしは素振りを始めたばかりです。手合わせなどまだまだ。しばらく独りで素振りだけを」

「いや。姫松がなかなかの腕前などと言うからかえって気になる。皆もいずみさんにどの程度、手加減してあげればよいかわからんので、困っておるのだ。拙者が先ず手本を示してあげましょう」

いずみが困っていると、姫松泰治郎が、

「いずみさん、そうなさい」

と勧めた。瞳の奥で笑っている。

「では……勘が戻っていないので、きつく打ったらごめんなさい」

いずみは鉄鉢を巻き、籠手《こて》を嵌めて、袋竹刀を持った。皆が稽古場の縁に寄った。

吾久郎は、いずみと同じ防具を付けて、間合いを取り、正眼にかまえた。

「いずみさん、どうぞ」

いずみも正眼にかまえて対峙した。そのまま動かない。

「いずみさん、もっと前に出なさい。そんな所で突っ立っていては拙者に押し込まれますよ。どうした？　怖れて動けないのかな。では、こちらから行くので」

吾久郎は振りかぶって前へ出た。

ぱん、と音がして、いずみがその横をすり抜けていた。目に留まらないほどの速さだった。

「あ痛っ」

吾久郎が額を押さえてしゃがみこんだ。いずみは駆け寄った。

「ごめんなさい。やっぱりまだ勘が戻っていない」

「む、む。素人はこれだから。むやみに振りまわすと、どこに当たるか知れん」

よろよろと立ち上がった。

「いまのは、打ったのではなく、当たったのだ。危ないなあ。気をつけなされ」

元の位置に戻った。

「さ、では、もう一度。今度はきちんとしてくだされよ。皆もよく見ているように」

いずみがまた正眼にかまえると、吾久郎は、

「やあっ」

と声で威嚇して、八相にかまえ、いずみが動かないので、下段にかまえなおすや否や、

「でえい」

と飛び込んだ。いずみの胴を下から払おうとしたのだが、そこにいずみはいなかった。いずみ

は相手よりも速く飛び込み、胸を打って、走り抜けた。ばん、と音がして、吾久郎は袋竹刀を落とし、胸を押さえてふらふらと数歩歩いた。息ができないのだった。

取り巻いて見ていた皆の空気が変わった。微笑ましい余興を見るふうに緩んでいたのが、緊張の糸が張りきるように引き締まった。吾久郎は顎を上げて、

「ふ、ふああ」

と息を吸い込み、深呼吸を繰り返した。落ち着いてくると、心配そうに見ているいずみを振り返り、

「いやあ、いずみどの、強うござるなあ」

目を輝かせた。

「しばらく武道を離れていたとはもったいない。これからは皆に稽古をつけてやってくだされ」

「わたしはまだ、勘を取り戻していませんから、しばらくは素振りをさせていただきとうございます」

「なるほど。それにしても拙者を打ち負かすとは大したものだ。恵美須三天王が、四天王になったわけだな。すばらしい。はははは」

屈託なく笑っている。皆もつられて笑顔になった。姫松泰治郎と細井川信蔵だけは、なぜいずみがこの時機に稽古場に戻ってきたのかと考える目になっている。

いずみは次の日も垂らした紐の前で朝から木刀の素振りを繰り返した。半日で、腕、肩、背中の筋が張って、首と腰が痛くなった。剣術を退いてからの歳月で筋肉が細くなり、前と同じように動かそうと力んで無駄に疲れてしまうのだった。

太平の世では、剣術より学問のほうが大事なので、御家人の子弟は毎日午前中は学問塾に通う。道場に来て汗を流すのは午後のことだった。世情に合わせて恵美須道場では朝稽古を毎日は行わなかったが、それにしても朝に多くは集まらず、かえって師範代の細井川信蔵たち熱心な青年が剣技を研鑽する場になっていた。

いずみが稽古を始めた二日目は朝稽古のない日だった。

蔵人は朝餉の後、用事で町に行くと言って出掛けた。

いずみは稽古場で独り木刀を振った。右肩が痛くて、それを庇って振ると、よけいに力が入ってしまい、細引きは大きく揺れた。

「おはようございます。いずみちゃん」

勝手口で呼んでいる。ハナだった。いずみは木刀を戻して台所へまわった。ハナは、いずみの稽古着姿を見て目を丸くした。

「どうしたの？　また剣術してるの？」

「父上が怪我をしたでしょ。それでわたしにも稽古場に出ろって」

「いずみちゃん、もうやめたんじゃなかった？」

「うちは火急の事態なんだ、きっと」

「そんなに人手が足りてないの？」

気の毒そうな顔になった。

「ハナちゃん、何の用事？」

「このあいだの織物屋に行こうって誘いにきたの。織り方をもう少し習って、絹糸ももらってこようと。でも、いずみちゃん……」

もう一緒にできないんだよ、と言おうとして、言えなかった。できないとは言いたくない。悔しさがあった。

「わたしも行くよ。稽古に出るのは一時のことだし。織るのは女の一生の仕事だから」

ハナは、でもその恰好で行くの？　と目でたずねてくる。

自分の部屋で島田に結った。ハナは膝立ちになって髪結い屋みたいに手伝ってくれた。

「いずみちゃんもたいへんだね。この道場をお父さまと一緒に背負ってるんだ」

いずみは鏡にむかって溜め息をついた。

「そうなのよ。父上を支えなきゃね」

「わたしだって聖天寺に縛られてるよ。母さんはわたしの嫁入りのときに絹の着物を持っていけって言ったけど。本心は、わたしを嫁に出すんじゃなくて、お坊さんを養子に迎えたいみたい」

「ハナちゃんのほうがたいへんだ。わたしは道場の跡継ぎじゃないよ」

「お父さまはどう言ってるの？」

「べつに、何も」

「案外もう決めてるんじゃないの？　師範代の細井川さんあたりを婿養子にして」

「やめてよ」

「じゃあいずみちゃんはどうしたいの？」

「わからないけど」

「ふふ、わたしたち二人とも婿を取るのか。お互いずっとお隣り同士で仲良くいこうね」

冗談めかして言うがいずみは笑えなかった。

道場の玄関を閉め、二人で竹林の丘を越えて畑のあいだを下っていった。

武芸者たちが斬られていた雑木林の前は足早に通り抜けた。

町に入ると、番屋に人影はなく、障子戸も閉ざされていた。同心の塚西源之進が言ったとおり、見聞きした者が現れないまま真相はうやむやに消えてしまうのだろうか。憤りよりも自責と後悔の念が生じた。いずみは、コタロウがくわえていた血で汚れた風呂敷を、コタロウの隠し場所に返した。誰にも言わず、うやむやにしようとしているのは自分なのだ。

織物屋では、実際に機台に座って絹織りの気をつけるべきところを職人頭の浜吉に教わった。機台を動かしていると腕と腰が痛かった。ハナは持ち帰って織るための絹糸を預かった。いずみは、親が怪我をして養生しているのでしばらく待っていただきたいのですがと頼んで、内心で絹織りをためらっている自分に気がついた。織るのは女の一生の仕事だからとハナに言ったものの、剣術の稽古を再開したばかりだ。絹織りを諦めるつもりはないが、いま本当にその余裕があるのか。責任をもって引き受けられるときが来るまでは安易に絹糸を預かれない。機台に座ってみて、あらためてそんな気持ちが湧いた。ためらいというより責任感だった。浜吉は、よろしいですよ、とうなずいてくれた。

織物屋を辞すと、ハナは絹糸を包んだ風呂敷を提げて歩きながら、いずみの横顔をうかがった。

「無理なことに誘っちゃったかなあ」

「そんなことないよ。誘ってもらってよかった。父上の傷が治ったら、すぐにハナちゃんに追いつくから。いろいろ教えて」

「任せてよ。先にいろいろ失敗して学んでおくから」

「婿養子も先にもらってくれていいよ」

「それはやめとくよ」

二人でくすくす笑った。

いずみのその笑いが、すっと退いた。

前方を父が歩いている。荷馬をあいだに挟んで背を向けているので、こちらに気づいていないようすだった。

男が父を案内していた。縦縞の着流しに、広袖半纏《ひろそではんてん》、小さな髷《まげ》。茶色の半纏には丸を四つ重ねた印が白く抜かれている。四十年輩。商家の番頭か、主人かという年回りだ。

一軒の旅籠の前に来ると、男は蔵人をうながし、玄関へ入っていった。振り返ってこちらを向いた男の顔を、いずみは見知らなかった。商人にしては厳しい顔つきだった。蔵人もあとに続き、戸が閉まった。

父上は何のご用だろう?

いずみは旅籠を見上げた。あの男は泊り客で、父と何かの相談をするのだろうか。

一人の尼僧が、旅籠の前に立った。

蔵人の入っていった戸を見つめ、建物の外観を見渡した。自分は入っていくことはせず、後ろへさがって二階を見上げた。法衣に尼頭巾。いずみとハナが旅籠の前を通り過ぎるとき、いずみの視線を感じて、尼僧はこちらを見た。三十代半ば、色が白く、唇が薄い。黒目がちの瞳でいずみをじっと見返した。

いずみは目を伏せて行き過ぎた。胸がどきどきした。寺内町のどこかの寺の尼僧か。気になった。父のあとを尾けていたように思われたからか。いやそれよりも、胸がどきどきしたのは、尼僧が記憶のなかにある母によく似ていたからだ。

いずみは足を速めて旅籠から遠ざかった。まぶたに、母のおもざしが浮かんでいた。

七

夕餉のおかずはカブの煮物にした。

蔵人は茶碗を持った左手を膝の上に置いて右手の箸で器用に食べた。考えごとをしているのか、黙々と箸を動かしている。

「ハナちゃんと町の織物屋に行ってきました」

いずみが言うと、蔵人は島田に結った髪をチラと見た。

「ハナちゃんは絹糸を預かったけど、わたしはもうしばらく後に始めることにしました」

恨みがましく聞こえないようにさらりと言った。

「そうか」

「帰りに町なかで父上を見掛けたような気が」

「そうか。用事があったのでな」

蔵人もさらりと言ってそれ以上は何も説明しない。あの商人はどのような方ですかと続けたい気持ちが喉で引っ掛かった。

この二、三日、いずみの胸に棲みついて不安をあおる事がらが幾つもあった。どうなっているのか父に問うてみたい。その気持ちが膨らんで我慢できなくなりそうだった。だが、目の前の父の静かなようすに、その気持ちがしぼんでしまう。

父の怪我、武芸者たちの死、血の風呂敷、見知らぬ商人、それに、あの尼僧……始まりは、三日前の、若武者の敵意の籠もった目か……それとも、とつぜん始まった剣術修行……。

さまざまな事がらを、頭のなかで勝手にひとつにつなげている。

それは考えすぎというもので、実際それぞれは何の関わりもないばらばらの出来事なのだろう。父を見ているとそんな気もする。

でも、気になりだすと、すべてがひとつの出来事としてつながっているように思われて……挙げ句、よくわからなくなる。

「素振りのほうはどうだ。勘が戻ってきたか？」

「まだ。体中が痛くて。かえって勘が遠のいていくみたい」

「そこを乗り越えれば、すっきりと戻ってくるさ」

「やめて三年も経つのに？」

「自分の体で覚えたことは決して忘れない。体のなかで眠っているだけだ」

蔵人は表情をあらためて、

「この道場を守っていかなければならん」

そう言った。いずみが、

「門弟の皆さん、熱心ですものね。それとも、父上とわたしの家だから？」

と言うと、蔵人は、どれも正しいというふうにうんうんとうなずき、

「母さんが、ここを気に入ったんだ」

思い出す顔で、

「初めてここを見たときにな、床から草がのびているあばら家だったが、母さんはうれしそうに、ここがいい、きれいにして、ここで暮らしましょうと言ったものだった。だから」

言葉を切って煮物を口に運んだ。

「うむ。美味い、葉っぱよりも」


次の朝稽古でも、いずみは髪を後ろで束ね、稽古着で木刀の素振りをしていた。

稽古場には、前髪立ちの少年が五、六人、学問塾が休みになったからと言って、師範代の細井川信蔵の指導を受けていた。

塾が休みなのか、勉強が嫌いで休んできたのか、本当のところはわからない。元気のいい少年たちだった。姫松泰治郎や大小路吾久郎といった青年連中は来ていない。師走に入って皆それぞれに忙しいのだろう。

父の姿もなかった。朝餉の後で、いずみに何も告げずに出掛けたのかもしれない。一昨日、町で商人ふうの男と会っていたが、今日も相談の続きがあるのだろうか。いったい何の話なのだろう。いずみは頭に湧く考えを払って素振りを続けた。

肩や腰の痛みがとれて、体が軽くなってきたように感じる。梁から垂らした紐もほとんど揺れなくなっている。体が、覚えていたことを思い出してきたらしい。

「ごめんください」

玄関で男の声が呼んだ。いずみは、二人の武芸者の姿がよみがえって、はっとなった。

「わたしが出ます」

と細井川信蔵に言って、木刀を戻した。

玄関の土間にいたのは、一昨日町で蔵人といた四十年輩の男だった。縦縞の着流しに、丸を四つ重ねた印の入った広袖半纏。商人にしては厳しい顔つきなのも一昨日と同じだ。刀を差さない商人が道場の玄関に怖い顔をして立っているのは奇妙だった。

「高輪《たかなわ》の今船屋《いまふねや》でございます。恵美須さまはいらっしゃいますか」

商人らしい愛想のかけらもない調子で言った。いずみは式台に立った。

「どのようなご用でしょうか」

「今朝お会いする約束だったのですが。現れないので、お宅へうかがいました。いらっしゃるんでしょう?」

何かを怒っているのか、図々しい態度だった。

「父は……出掛けたようで。途中で行き違いになったのでは?」

「そんなことはありませんよ。本当はいらっしゃるんでしょう?」

今船屋と名乗った男は下駄を脱いでずかずかと上がり込んできた。

「何ですか、あなたは」

「どうしてもお会いしますよ」

いずみを押し退け、廊下を奥へ歩いていく。

騒ぎに気づいた細井川信蔵が袋竹刀を持ったまま稽古場から現れて廊下に立ちふさがった。少年たちも駆けつけて信蔵の後ろに居並んだ。今船屋は臆せず、

「どいてください。いまさら庇おうたって庇いきれませんから」

と太い声を出した。信蔵は毅然として、

「いきなり武家の宅に上がり込んで。無礼であろう。ことと次第によっては、ただでおかんぞ」

と返した。

「お武家さまに対して無礼を働こうというわけではございません。お貸ししたものを返していただこうと、貸した手前どものほうが頭を下げてお願いしているのでございますよ」

「貸した、とは、何を貸したのだ?」

「お金に決まっているでしょう」

「金？　借金を取りに参ったのか」

信蔵は、今船屋越しに、とまどった目をいずみに向けた。いずみは言った。

「父は居りません。わたしが、お話をうかがいます」

信蔵に、

「稽古を続けてください」

とうなずいた。

今船屋を客間に通し、向き合って座った。今船屋は腕組みをして室内を見まわし、家内の気配に耳を澄ませた。

「本当にいらっしゃらない？」

「居りません。朝から、どこへ行くとも告げずに出掛けたみたいで」

今船屋はチッと舌打ちした。

「雲隠れか」

「一昨日、町で父と会っていましたね」

「そうですよ。お貸しした金をお返しくださいとお願いしていたんでございます」

言葉つきはていねいだが居丈高な物腰だった。

「借金って……いかほどの？」

今船屋は懐から書き付けを取り出し、畳に置いた。

借用証書だった。いずみはのぞきこみ、

「二百両」

思わず声をあげた。今船屋は腕組みをしたままこちらを見据えている。いずみは証文をまじまじと見つめた。確かに、恵美須蔵人、と父の手で署名がある。

「二百両って……うちはご覧のとおり、つつましく暮らしています。父はこんな大金を何のために？」

「使い道までは存じません。わたくしどもは御用立てするばかりですから」

「でも、一度にそんな大金を？　いったいいつ？」

「一度にお貸ししたのではございません。この十年ほどのあいだに、何両かずつ。利息も含めて二百両に積み上がったものを、先月、この一枚にまとめなおしました。恵美須さまは、師走にはまとめて返すと見得を切っておられましたがね」

「それで一昨日あなたと町で……」

「さようでございます。二百両まとめて持ってくると約束なさいましたが、姿を現しませんので、こちらから参りました。どこへ出掛けたのか見当はつきませんか？」

「さあ」

困り果てて首をかしげた。

父は三十俵の俸禄を大小路家から与えられている。大小路刑部の預かりという身分で、俸禄ではなく、下付金と呼ぶのかしれないが。そこから聖天寺に家賃を渡してギリギリではあるけれど生計が成り立っている。二百両などと法外な借金をしたとは信じがたかった。借りたその金を、父はいったい何に使ったのか。

今船屋は証文を折り畳んで懐に入れた。

「困りました。返してもらえないとなれば」

室内をふたたびぐるりと見まわし、

「この道場をそっくりいただかなければ。それでもまだ足りないか……」

とつぶやいた。

いずみは、ここは貸し家で聖天寺のものだと言いたかったが、それは黙っているほうがいい気がした。借家にせよ持ち家にせよどっちにしても恵美須道場は追い出されてここは今船屋の好きに使われるだろう。門弟たちは稽古場を失い、父といずみは路頭に迷うことになる。

「父が帰りましたら、おいでになったことはお伝えします。父は師走にお返しすると言ったのですね。師走はあと二十日ほどありますから。父も返す目途《めど》があってそう言ったのでしょう。もうしばらくお待ちください」

きっぱりした口調でそう言った。内心では、まったく確信が持てなくて、とまどっている。今船屋はジロリと睨んで、

「居ないのなら仕方がない。金策に走りまわっていると考えておきましょう。また来ます」

そう言って立ち上がった。渋い表情で、いずみの言葉を信じていないのは明らかだった。

八

　昼過ぎになって少年たちは帰っていった。いずみが細引きの前で木刀を振っていると、細井川信蔵も帰り支度をして、

「家の用事があるので今日はこれで失礼します」

と挨拶した。問いかけたそうな目をしている。いずみは言った。

「あの人、また来ると言ってました」

「しかし本当の話ですか、先生が……」

「証文を見せられたわ」

　きまじめな信蔵が深刻な顔つきになった。いずみは明るく言った。

「心配無用です。父が始末をつけることだから」

　信蔵が帰ってしまうと、稽古場はがらんとなって、連子窓から冷気の流れ込むのが感じられた。いずみは木刀を戻し、稽古場の板床で後ろ向きに倒れて受け身を取る習練を始めた。

　神之木流の武術は、剣術に柔術などの徒手武術を組み合わせたものだった。戦場での白兵戦にも適した実践的な格闘技でもある。徒手での突き、当て身、投げ技、足払いなども含んでいる。

　父はいまの門弟たちには剣技を主に教えているが、いずみは袋竹刀を握る以前の幼少の頃から

徒手武術を先ず教わってきた。しかし、手で殴ったり足で蹴ったりを、いずみは好きではない。徒手の稽古をするときは独りでできる受け身をする。板敷きの床で、後ろに倒れたり、肩先から前転したり、体のどこも痛くないようになめらかにするのが好きだった。

二百両の借財。頭のなかにいっぱいになったその金額をどこかへ追いやろうと受け身を繰り返した。

後ろに倒れるたびに、床板が、ばあん、ばあん、と音を立てる。肘と首が痛い。体に力が入りすぎている。

「はあ」

いずみは床に大の字に寝転がった。

こんなに習練をしても、借財のことは頭から消えないままだ。

「ごめん」

玄関で男の声がして、足音が上がってくる。

いずみは立ち上がった。姫松泰治郎が入ってきた。袴を穿き、大小を差している。鋭い眼光でぎょろりと稽古場を見渡した。

「皆は?」

「さっき帰りました。細井川さんも家の用事があるとかで」

「そうですか」

へんに用心深そうな顔でうなずいている。

「姫松さんは、いまから稽古を?」

「いえ、拙者もこれからお屋敷へ参らねばならないので」

泰治郎は日頃は道場の近くの下屋敷に詰めている。お屋敷と呼ぶのは西久保にある大小路家の上屋敷のことだった。当主の大小路刑部のもとへ行くというのだ。

「父にご用ですか。あいにくと、父は朝から」

「そのことでござる」

声をひそめ、誰もいない稽古場に目を走らせ、

「先生は、朝から下屋敷にいらっしゃいました」

「そうでしたか。何も言わずに出掛けたので。町へ行ったのかと」

借金の件で大小路家に相談しに行ったのかと思った。

「まだ居りますか」

「もう発たれました」

「発った?」

泰治郎は懐を探り、一枚の書き付けを取り出した。

「先生から。いずみさんに渡してほしい、と」

急いで書いたらしい走り書きだった。

借財があって返済の都合をつけるためにしばらく家を空ける。留守番を頼む。門弟たちに別の稽古先を紹介するひまがないので、道場のほうも、細井川、姫松を頼りに習練を続けてくれ。急なことですまない。よろしく頼む。

そんなことが記してあった。いずみは繰り返して読んだ。

「家を空けるって？　しばらく？　何日かということ？　おおつごもりには取り立てに来るから、それまでには帰ってくるのかしら？　父は何と言ってましたか？」

「はっきりとは何も」

「稽古のほうは？　いつ帰るか、はっきりしないのに、姫松さんたちにずっと頼っていいのかしら。父が帰るまで道場を閉めたほうがよくはないの？」

「それはお任せくだされ。先生のお帰りまで、拙者らが道場をお守り申す」

「細井川さんはまだご存知ないんでしょ？」

「信蔵どのには訊くまでもないこと」

いずみが子供の頃、父が家を空けていたあいだ、門弟のなかで細井川信蔵だけは毎朝稽古場で雑巾掛けをしていた。訊くまでもない、とはいずみもそう思う。信蔵と泰治郎には迷惑を掛けることになるが、二人が居れば稽古のほうは何とかなるだろう。

「父は？　もう発ったと言いましたよね」

「昼前に」

「腕の怪我が癒えていません。あのような体で。どこへ行くとかは？」

「何も」

「では、下屋敷を出て、そのまま……」

もう戻ってこないのだ、今日は。いや、しばらくのあいだは。

「拙者は先生から預かった書状を上屋敷に届けに参ります。先生は、しばらくここを離れること
を殿にお願いする暇がないので、文を拙者に預けたのでござる」

「そんなに急いでいましたか」

いずみは父の墨跡を見つめた。

「でも、どこへ、いったい……」

金の算段をつけるところなんて。見当もつかなかった。


安龍和尚は、いずみの話を聞き、書置きを読むと、無精髭の生えた顎をなでた。

「和尚さんにも相談をしていなかったのですか」

「ううむ……稽古場の根太の腐りかけていたところは家主のわしが金を出して修繕したんだが」

「二百両だなんて。何に使ったのか見当もつきません」

「いやあ、あやつ、吉原で花魁《おいらん》でも上げて」

気楽な冗談を言いかけてイネにきつく睨まれ、

「カタブツの蔵人に限ってそんなことも有り得んだろうし、はっはっは」

視線を天井に逸らせた。イネは心配そうにいずみをうかがい、

「留守番っていったって。お昼間は、稽古の人たちが居るけど、夜は一人で心細いね。いずみちゃん、こっちへいらっしゃい。夕餉を一緒に食べて、うちで寝起きすればいいわよ」

ハナも、

「わたしの部屋で一緒に寝よう」

と言った。この寺でおばさんやハナちゃんと暮らせたら安心だけど。いずみは心が揺れて、思案顔になった。

「うちは全然かまわないから。そうなさいよ、いずみちゃん」

「ありがとう……でも……」

家にいたほうがいい。そんな気持ちが強かった。理屈ではない。義務感や責任感でもない。

この頃の、もやもやした一連のできごとは、父の借金が原因だった。父は金の工面で家を空けることになった。そういうことだったのかとわかった気になっているのだが……どこか、釈然としない。借金という説明だけでは、すべてを納得できない。そんな疑問が胸中によどんでいる。

「うまく言えないんだけど、家に居るほうがいいように感じるんです。家を守るとかじゃなくて、でも、何かあったとき、家にわたしが居るほうがいい、って思えて」

「そうかい？　いずみちゃんがそう思うのなら……」

イネは納得していない顔で、

「でも無理するんじゃないのよ。いつでもこっちに来たらいいから」

いずみが礼を言うと、安龍はまじめな顔になり、

「その、今船屋とかいう商人だが。蔵人がいないあいだに無理なことを言いかけてきても、相手にせんことだ」

と言った。

「はい。父が帰ってくるまで待つように言いました。父もおおつごもりまでには何とか算段をつけて戻ってくるでしょう」

「そうじゃな。蔵人がまとめて返すから。そう言って突っぱねなさい」

「はい。それにしても、父はどこかに当てがあるのかしら。いったいどこへ行ったのでしょうか。遠くだったら、たくさん歩いたりして腕の傷が開いてしまう……」

「心配するな。蔵人は手練れの剣客だ。そのようなことには慣れておるわ」

夕餉は聖天寺でよばれた。

このままハナの部屋で眠りたいとくじけそうになる気持ちを叱った。庫裡を出て、冷え込んできた境内を抜け、山門の外に立った。

坂道の片側には竹や雑木が影となって覆いかぶさっている。

父上はどっちに向けて旅立ったのだろう。

坂の上は、宵の空に星々が冴えて輝いている。坂の下は、道が緩やかに曲がって下り、畑も集落も陰に沈んでいる。

しばらく待ってみたけれどここへ戻ってくる人影はなかった。

小径を道場にひき返した。井戸端から台所のほうへまわる。あまり手入れのできていない前栽が薄闇に沈んでいる。

赤い色が目に留まった。センリョウの小さな実が生っていた。その数はまだ少ないが、赤い小さな実が、前栽の一角で、これから群れを成していくのだ。いずみは目を逸らせて勝手口から台所の土間に入った。家は、暗く、寒く、人けがない。がらんどうにいるみたいに感じた。

がた、と音がした。にゃあ。目だけが光っている。

「コタロウ。これから、留守番だよ。覚悟を決めなきゃね」

わかっているのか、いないのか。喉をごろごろ鳴らしている。

第二章　師走の訪問者

一

師走の寒さがいちだんと厳しくなっていく。

細井川信蔵と姫松泰治郎の指導は、道場主の不在をおぎなって、二日もすれば変わらずに活気のある声が響くようになった。

いずみも子供たちの振る袋竹刀を受けて稽古の手伝いをした。

自分では、細引きの前で木刀を素振りし、徒手で板床の上で受け身を繰り返した。

「何をしているのですか?」

元気のよい少年たちが、いずみが独りで後ろにバタンとひっくり返るのを見て、怪訝そうにたずねる。

「剣を用いない技の習練です」

「素手で敵に対するのですか?」

「ええ。あなたたちもしてみない？」

いずみは前回りの受け身をしてみせた。少年たちはあきれたふうに顔を見合わせた。

「そんなでんぐり返しで敵を倒せるのですか」

「これは、相手に転がされたときの受け身です。役に立ちますよ」

「はあ。しかし、転がされてしまったら、あとは上から刺されたり斬られたりで、どうせ助かりません」

いずみはそう言った少年と向かい合った。

「では、やってみましょう。わたしに打ちかかってきて」

少年は自分の袋竹刀に目を落とした。

「これで？　いずみさんは素手ですが？」

「気兼ねなくどうぞ」

少年は他の少年たちとまた顔を見合わせ、遠慮がちな顔で、正眼にかまえた。

「ほんとにいいですか？」

「本気で来てください」

えいっと声を出して少年はいずみの面を打ちにいった。いずみは素早くその懐に入って腕を取る。少年は背負い投げをされて板床に倒れた。ばあん、と派手な音があがる。

「痛あっ」

腰を押さえて転がった。いずみは、少年が顔をしかめて起き上がるのを待ち、

「では、今度はわたしが投げられたていで転がりますから、刺すなり斬るなり、とどめをさしてごらんなさい」

少年は、袋竹刀を正眼にかまえ、遠慮のない顔になった。

いずみは肩から前回りに倒れ、受け身を取った。えいっと少年が振り下ろす。いずみがくるりと横に転がり、袋竹刀は板床を打った。少年は二の太刀を出そうとしたが、起き上がったいずみがその手首をつかんで押さえていた。

「すごいや」

少年たちは感心した。

「受け身をしてみる?」

やる、やる、と口々に言って袋竹刀を板床の端に置いた。いずみがやってみせながらコツを教えると、少年たちは、ばたん、ばたん、と転がるのを繰り返した。十回ぐらいすると、皆、座り込んだまま、

「目がまわる。あちこち痛い」

と気分が悪そうにつぶやいた。

「習練を積めばもっと自然にできるようになるわ」

「でも、やはり、剣術の稽古のほうがいいです」

「どうして？」

「剣を持たないのは地味で。見栄えがしないや」

少年たちはうめきながら這っていって袋竹刀を取った。


おたのみ申す、と玄関で声がした。

休憩して汗を拭いていた大小路吾久郎が、

「や、また来たぞ。一手ご指南お願い申す、だ。この冬は多いなあ」

と他人事のように言った。自分はもう対峙する気はないらしい。

いずみは玄関へ出ていった。

武芸者が来たとき父は寸志を路用の足し程度に包んでいたけれど、そのお金、どこにあるのだろう。客間に通して茶をふるまわなければならないのだろうか……脳裡をかけめぐる雑念が、はっと止んだ。

土間に立っていたのは、鼠色の着物に紺の袴を穿いた若い武士だった。背が高く、痩せて、荒んだ雰囲気がある。七日前、近くの畑でカブを穫っていたとき、聖天寺はどこかとたずねてきた男だった。あれからずっと歩きつづけていたみたいに、ますます埃っぽく汚れている。

「拙者、兵法修行をする者だが。ご当主は在宅か」

「あいにくと、道場主はただいま不在でございます」

「ならば、どなたかに、ご教示いただきたい。この道場には腕の立つ者が多いと聞いて来た」

ここをまるで用心棒の口入屋みたいに言う。不敵な冷たさを宿す目でいずみを見据えてくる。

「ご趣意に沿えるかはわかりませんが。稽古のようすをご覧いただいたうえで。あの、お名前は？」

「石津忠也《いしづちゅうや》」

いずみは稽古場に案内した。

石津忠也は大小を預けて板床の端に正座し、熱気の籠もる習練を冷然と眺めていた。

小休憩に入って、細井川信蔵が声を掛けた。

「師範代の細井川と申します。客人もご一緒に、形の習練をなさるか？」

「どなたかと手合わせを願いたい」

「申し訳ないが、本日は道場主が居りませんので、他流試合のごときは」

「決着をつけない手合わせでかまいません。一人二人と掛かってみれば、ここの剣技のほどは知れることゆえ」

不遜な態度で門弟たちを見渡した。門弟たちはムッと眉をひそめたが黙っている。石津のたたずまいや目の配り方で、相当に腕が立つのがわかるのだ。石津は、あぐらをかいて睨んでいる大小路吾久郎に目を留めた。

「一手お願いできますか」

吾久郎は胸を張り、

「望むところだ。ひとひねりしてやろう。ああ、なれど、今日は肩を痛めておる。うむ。残念だが仕方がない。姫松、おぬし、わしの代わりに手合わせをしてやってはどうだ」

と姫松泰治郎を見た。

「え？」

泰治郎は目を丸くして見返したが、負けん気の強い顔で、

「では。お相手つかまつる」

鉄鉢を締めなおし、袋竹刀を取った。

石津は鉄鉢も籠手もつけず、袋竹刀を無造作に取っただけで、ふらりと稽古場の中央に立った。

「いざ」

泰治郎は正眼のかまえで対峙した。

背の高い石津は正眼にかまえて泰治郎を無表情に見下ろしている。

いずみは稽古場の端で見守った。

決着をつけないという言葉は方便だ。泰治郎が負ければ、あとは師範代の細井川信蔵しか残っていない。もし信蔵も負けてしまえば……。

「だあっ」

泰治郎が手首を狙って飛び込んだ。石津は軽く外して退いた。誘っている。泰治郎は勢いを緩

めずに前へ出た。袋竹刀で数度打ち合い、押し合った。上背で勝る石津がのしかかるように押してくるが、筋骨隆々の泰治郎は顔を赤くして踏ん張り、一歩もひかない。

二人は同時に後ろに飛んだ。体勢を立て直した泰治郎が、

「やっ」

と素早く飛び込んだ。ガッと竹刀で押し合う。

石津が、柄から右手を離した。拳をつくり、まっすぐに泰治郎の胸を打った。

「うっ」

息を詰まらせて後ろにひっくり返った。その喉もとに、石津は竹刀の先を突きつけた。泰治郎は首をもたげて、動けなかった。

「ややっ」

と大小路吾久郎が腰を浮かした。

「素手で殴るとは卑怯。剣法を外れた振るまいでござるぞ」

血相を変えてそう難じた。

石津は冷然とした顔で稽古場の真ん中へ戻った。

「わが天下我孫子《てんがあびこ》流は、徒手での組み手を取り入れた兵法。戦場での白兵戦から生まれた天然自然の技でござる。こちらの神之木流も同じと聞いておる。徒手での攻めに応じる技もお持ちのはずだ」

泰治郎は起き上がると悔しそうに顔を伏せて稽古場の端に戻った。

石津は威圧するようにぐるりと見まわし、細井川信蔵に視線を止めた。

「次の相手は？　道場主が居らぬのなら、師範代にお相手いただこう」

信蔵をひたと睨んだまま、

「もし師範代が負けるようなら、道場主が戻るまで、拙者がここで門弟の方々を指導してもかまいません。そうだな。そうしましょうか」

薄ら笑いを浮かべた。瞳に残忍そうな陰が宿っている。

細井川信蔵は端然と座ったまま静かな目を向けている。戦うつもりだ。いずみの鼓動が早くなった。もし信蔵が負ければ、石津の言葉どおり、道場が乗っ取られることになりかねない。わたしが留守番をしているあいだに。信蔵は、剣技では石津に勝るだろうが、徒手の兵法を併せれば、互角か。

「わたしがお相手します」

いずみは言った。自分が勝てるかはわからないが、自分が戦うのを見て、信蔵が石津の技量を見極めることができる。とっさにそう考えたのだった。

「いずみどの、それは……」

吾久郎は止めようとして声を途切れさせた。ここは自分より強いいずみに託すしかないと思ったのだろう。居並ぶ門弟たちは顔色を変えた。信蔵も、いや、と言いかけたが、いずみは目で制して立った。

「よろしければ、竹刀ではなくて、木刀で手合わせしていただけませんか」

日頃木刀で素振りをしているので、袋竹刀より手になじんでいる。

「かまわぬよ。こちらは真剣でもかまわぬぐらいだ。ただし骨が砕けても文句は言わないでいただきたい」

残忍そうな陰が顔全体に広がり、袋竹刀を木刀に替えた。

いずみは鉄鉢と籠手をつけ、自分の木刀を持って石津と向かい合った。

「お願いします」

正眼にかまえた。

石津は木刀を正眼にかまえ、さっきと同じように無表情にふらりとたたずんでいる。誘っているのか、いずみの出方をうかがっているのか。

いずみは力を抜いたふうに静かに立った。

石津の瞳に侮りの色が浮かんだ。この娘、たいしたことはない、と見切った色だった。次の瞬間、瞳に怒りの火がぱっと燃えた。以前にも向けられた憎悪だった。いずみの身に覚えのない憎悪だ。石津は、するすると間合いを詰めてきた。長い腕が瞬速で前に出て、木刀がいずみの喉を突こうとのびてくる。いずみは木刀でそれを弾き、後退した。

石津は何度弾かれても木刀の先をいずみの喉に向けて迫り、次第に稽古場の端へと追い詰めた。

いずみの背中が壁に当たった。石津の目が獲物を追い込んだ獣のようにぎらぎらと輝いた。

「文句を言うなよ」

最後のひと突きが喉へ伸びる。空を突いた。

いずみは飛び出して石津の面を打とうとした。石津はかろうじて木刀で木刀を受けた。がっと音が響く。二人は飛んで離れた。

「ふぬっ」

石津の目が凄まじい色を発した。いずみが肩へ打ち込んだ。石津はそれを弾き、前へ流れたいずみの木刀を拝み打ちに叩き落とした。いずみの木刀は稽古場の端まで転がった。門弟たちから、ああっと声があがった。

石津は残忍な笑いを浮かべ、右手を柄から離すと拳をつくり、まっすぐにいずみの喉めがけて打ち込んだ。

いずみは、その腕を両手でつかみ、背負い投げをした。石津の体が宙に大きく弧を描き、背中から板床に叩きつけられた。どおん、と激しく床が揺れた。いずみは落ちていた自分の木刀を取り、その先端を、朦朧《もうろう》となって頭をもちあげる石津の喉もとにぴたりと突きつけた。

「勝負あった」

吾久郎が叫んだ。

石津は肘をつき、ぼんやりとした表情で頭を振った。自分に突きつけられた木刀に焦点が合う

と、

「くそっ」

ふらふらと立ち上がり、

「女め」

自分の木刀を大上段に振りかざした。

門弟たちがざっと駆け寄っていずみの前に壁をつくった。皆、袋竹刀を握り、石津を睨みつけている。細井川信蔵が皆の前に出た。

「石津どの、お引き取りください。ここにはもう、おいでにならぬように」

石津は肩で息をつき、凶相をあらわにして睨み返していたが、木刀を投げ捨て、自分の大小を取ると、無言で出ていった。

二

稽古が済むと、姫松泰治郎は井戸端に出て、もろ肌を脱ぎ、汗を拭いた。石津に拳で打たれた胸が青あざになっている。

「おそろしいやつだ」

真顔でつぶやいた。あとから出てきて手を洗ういずみに、

「難敵でした。いずみさんにすばらしい技を見せてもらいましたよ」

袖に腕を通してそう言った。

「わたしも負けました」

「いずみさんが？」

「わたしが木刀を落としたとき、石津はとどめをさすこともできました。徒手で打とうとこだわらなければ、木刀でたやすくわたしを打ち負かしていたはずです。あの腕の長さに木刀の長さがあれば、わたしは懐に入っていけません」

「おのれの流派を誇示しようとした。石津に奢《おご》りがありましたね。いずみさんの勝ちでござるよ」

いずみは首を横に振った。

「剣の技をもっと習練しなければいけないってわかりました」

軒下に吊るしたカブを取ってきて泰治郎に差し出した。

「今日はありがとうございました。これ、よかったらどうぞ」

「いえ、とんでもない」

「父がいないぶん、多すぎて。余り物みたいで失礼だけど」

泰治郎は、では、かたじけない、と受け取り、いずみが風呂敷を探しにいく前に、カブを抱えて帰っていった。

後片付けを終えた少年たちが出てくる。

「すごかったなあ、いずみさん」

「おれも徒手の技をちゃんと習おう」

「勝敗を分けるのは見栄えではないな」

「見栄えにこだわっていたのはおまえだろ」

「お、泰治郎どのが帰っていく。カブを抱えてるぞ」

「いずみさんにもらったんだ。今日のごほうびだ」

「ごほうび、かなあ」

「何だ？」

「泰治郎どのだけがもらって。師範代は焼きもちを焼かんかな」

「どういうことだ？」

「子どもだなあ、おまえは」

ぞろぞろと井戸端に現れて、そこにいずみが立っているのに気づき、ぎょっと足を止める。

「いずみさん……聞こえてましたか」

「聞こえてたわ」

いずみは両手を腰に当てて、

「要らないことを言うと、投げ飛ばすわよ」

と言った。少年たちは皆、

「ひえぇ」

と後ずさり、

「失礼しまぁす」

きびすを返して駆けだした。笑って見送っていると、袷と袴に着替えた細井川信蔵が出てきた。

「いずみさん、おつかれさまでした」

「出過ぎた真似をしました。師範代なら、わたしみたいに追い込まれずに勝っていたでしょうから」

信蔵は、いや、とつぶやき、

「では失礼します」

と去っていった。自分ならどう戦っていただろうか、果たして勝てていたのだろうかと黙考する顔つきだった。

冬の空は早く夕暮れてきた。地面にのびた建物や草木の影が薄れていく。お寺のおばさんが、今日は魚が手に入りそうだからいずみちゃんのぶんも取っておくよと言っていた。いずみは袷に着替えて、聖天寺の庫裡へ行った。

勝手口から台所に入ると、醬油の良い香りがして、腹が鳴った。イネはヒラメを煮付けていた。

「いずみちゃん、怪我はなかったかい？」

顔を見るなり心配そうに訊いてきた。

「え？　べつに。どうして？」

「あらくれ者が道場破りに来たんだって？　いずみちゃんが打ち合ったんだろ」

「誰から聞いたの？」

「姫松さんが囲碁を打ちに来てる」

泰治郎は自分の住む大小路家の下屋敷には帰らず、和尚の所へ立ち寄ったのだ。

「品川で獲れたヒラメだよ。いずみちゃん、今夜はうちで食べていきなさい」

「ありがとう。でも、ご飯を炊いてるから」

本当はまだ炊いていない。遠慮があった。それと、できるだけ家を空けないという決意、甘えに馴れれば気持ちがくじけるのではという自戒とが、そう言わせる。石津忠也との戦いのせいでまだ胸中がざわざわと落ち着かなかった。うちで食べていきなさいという誘いを断ったことが意固地なようだが、ここを緩めると、後は、なし崩しになる。

「じゃあ、お皿に入れるからね」

「ヒラメのお頭もお願い。コタロウのぶんも」

ハナが廊下から現れた。

「いずみちゃん」

「ハナちゃん、絹織り、進んでる？」

「なかなか面倒だよ。見る？」

「うん」

上がらせてもらってハナと廊下を歩いていった。

襖の閉まった座敷の前を通るとき、ぼそぼそと話す声が聞こえた。和尚と泰治郎が何かを話し合っているようすだった。

何だろう？　今日の道場破りの件かな？　気にするいずみの横顔を見て、ハナは機台の部屋に入りながら言った。

「道場のことは姫松さんたちに任せておいたらいいよ」

「そうしたいけど」

「織物屋でも織り子が足りないって言ってる。どこもそうなんだよ。世の中どこも、人手不足。いずみちゃんが早く絹織りを始めてくれたらなあ」

ハナは大人みたいな溜め息をついた。


翌日は、煤《すす》払いの日だった。江戸城から場末の裏長屋まで、江戸中でいっせいに歳末の大掃除をする日である。

いずみは朝からハナと一緒に、たすき掛けで笹竹を持ち、道場の埃を掃《はら》った。稽古は休みだったが、午後になると、門弟たちが笹竹を担いでやって来て、道場の掃除をし、聖天寺にまわって本堂と境内をきれいにした。毎年の恒例だった。イネが用意した握り飯とクジラ汁もきれいになくなった。煤払いが済むと、町に歳の市が立つ。歳末が近づき、新年を迎える準備が始まるのだ。

翌日の稽古から、いずみは、細井川信蔵や姫松泰治郎を相手に袋竹刀で打ち合う習練を始めた。石津忠也に木刀を叩き落とされた手合わせを振り返ると、腕力に勝る男と力技で渡り合うのは無理があった。徒手での組み合いであれば相手の力を使って投げたり倒したりもできるが、剣技になるとそうはいかない。何か良い工夫を編み出さなければならなかった。もうおいでにならぬように、と断ったが、石津忠也はふたたびやって来るかもしれないのだ。

少年たちは徒手の技を習いたがった。いずみは袋竹刀を置いて、受け身のコツを教えた。少年たちは熱心にばたんばたんと倒れてみせた。

遅れてきた少年が、

「誰か来てますよ」

と言った。

「え?」

石津忠也か。いずみは稽古を離れると、眉をひそめ、玄関へ出ていった。

土間に人の姿がない。下駄をつっかけて玄関を出て、建物に沿って歩いた。

裏の小さな畑の前に、男が立っている。縦縞の着流しに、丸を四つ重ねた印の入った広袖半纏。金貸しの今船屋だった。厳しい顔つきで、稽古場と、併せて建つ住居を見渡していた。いずみが

近づくと、

「今日はご在宅ですか」

と訊いてきた。

「父は、お金の都合をつけるために出ています」

「目途は立ちそうですかい？」

「それは、もちろん」

「ふうん」

「何をしているのですか」

「見回りに来たんだよ」

「見回り？　人の家を勝手に見回らないでください」

「この建物」

また見渡した。

「築、五十年というところか。あまり手入れもできてないね。軒下の、あの板が腐ってる」

「あなたに関わりのないことです。お帰りください。父は借りたお金は返しますから」

今船屋は一周するつもりか、建物の角を曲がっていく。いずみはその背中を睨んでついていった。縁側で、コタロウがひなたぼっこをしていた。

「お、キジトラか。野良猫かね？」

今船屋がそばに寄ると、コタロウは座りなおして、シャア、と威嚇した。

「やあ、仲良くしよう。うちにも猫がいるんだ。名前はトラといって」

今船屋は手を差し出し、

「痛っ」

あわててひっこめた。コタロウは目にも留まらぬ速さで今船屋の指をひっ搔いたのだ。庭に飛び下りると、すたすたと去っていった。指先に血がにじんでいる。今船屋は傷口を吸い、唾を吐いた。

「気の荒いやつだ。出ていくときはあなたと一緒につれていってもらうよ。名前は？」

「いずみです」

「あの猫の」

「コタロウです」

「コタロウか」

痛そうな横顔で歩いていく。いずみはその背中に言った。

「父は何か言ってませんでしたか」

今船屋は肩越しに返り見た。

「父は二百両を何に使うか、まったく言わなかったんですか？　どう考えてもわからないんです。近頃この道場の手入れをしたことはありませんし。父は自分の楽しみのためにそんな借財をする人ではありませんし。いったい何に使っていたのか……」

「いずみさんは、恵美須さまのことを、聖人のようにあがめているんですかね」

「そうは言いませんけど。父は剣の道ひとすじで。俗念は持たないほうだと」

「確かに、清廉なお方でいらっしゃるかもしれませんな」

今船屋はまた傷口を吸い、ぺっと唾を吐く。

「あるいは、世のため人のために使ったのでしょうかな。だからといって、約束は約束です。恵美須さまがお帰りになるまで、見回りに来ますよ」

「見回りではなくて、見張りなのでは」

今船屋は肩で笑った。

「借金を苦にして、やけになって火をつけたりしないように」

小径を山門のほうへ歩き去っていった。

三

翌日、稽古中に、定町廻り同心の塚西源之進が訪ねてきた。

いずみは稽古着のまま玄関に出た。土間に立った源之進は、激しく打ち合う稽古場をのぞきこむようにしてたずねた。

「先生は？」

「あれから所用ができて家を空けています」

「あれから？　え、十日近くも？　どちらへ？」

「行き先は聞いていません」

「いつお戻りですか」

「それも、いつになるか……」

源之進は、ちょっとためらって、

「さしつかえなければお教えいただきたいのでござるが」

「何でしょうか」

「所用とは、どのような？」

いずみはためらったが、

「借財があります。父はお金の算段をつけに、どこかへ出向いています」

と言った。

「借財とは、いかほど？」

「……二百両」

源之進は驚いた顔になった。

「で、金を貸しているのは？」

「高輪の今船屋と名乗っています」

「ふうむ」

腕を組んで考え込む。

「父に何をたずねに来られたのですか?」

「あの日、斬られた住吉と鳥居は、町の飯屋で夕餉をとってから、祠のある雑木林へ行ったらしいのですが。あの夜、雑木林から出てくる人影を見た者がおります。用事で出掛けて町へ帰る途中、雑木林の前を通りかかった商人で。物音がするので振り返ると、林のなかから一人の人影が現れて、商人が帰る町のほうとは反対の方角へ足早に歩いていったそうです。あの道は雑木林から田畑を抜け、寺内町の端を横切って、丘の竹藪を越え、こちらへと通じています」

「その人物は寺内町へ向かったのかもしれません」

「寺社奉行所の手を借りて寺内町をしらみつぶしに訊いてまわったのでござるが、当夜そのように出掛けていた人物はいませんでした」

「では丘を越えてこちらへ?」

「その人物は、侍のようだったと」

「侍……」

いずみは口のなかでつぶやいた。あやしい人影が侍だったからといって、源之進がそのことを父にたずねようと考えるのはおかしかった。

しかし、あの夜、父が怪我をして帰ってきたのを、源之進は知っている。いずみはそこに思い至ると、はっとなった。

「先生は、あの夜、この辺りを見回っておられたとか。その際、先生が誰かあやしい人物を見なかったか、もう一度、念のためにおたずねしたいのでござる」

「父は、そのようなことは何も申していませんでした」

「そうですか……先生の居るときに出直しましょう」

土間から外へ出ていった。

いずみは不安そうな顔で見送っていたが、思い出す日になった。

石津忠也のことだった。二人の武芸者が斬られた日の朝、石津はこの近くに姿を現した。カブを穫っていたいずみたちに聖天寺はどこかと訊いた。寺に用事があるのではなく道しるべ代わりだと言った。同じ日に住吉と鳥居の二人はこの道場を訪れた。兵法修行の武芸者は、珍しいというほどではないが、年に数人来る程度だ。

同じ日に二組がこの近辺に……偶然だろうか。石津忠也は二人を尾けていたのではないか。いずみはそんなことを考えた。

塚西さんに言っておいたほうがいいのでは。

下駄を突っかけ、玄関を出た。源之進の後ろ姿を探しながら小径を山門へ急いだ。その足が止まった。

境内の隅に笹の茂みがある。源之進が茂みに分け入って立っていた。

にゃあ、と鳴く声があがり、コタロウが茂みから飛び出して逃げていった。コタロウが自分の獲物を隠しておく場所に、源之進は入り込んでいるのだ。いずみは樫の古木の陰に身を寄せてようすをうかがった。源之進はしゃがみこんで茂みに消え、すぐに立ち上がった。

源之進の手から、汚れたぼろ布みたいな物が垂れ下がっている。いずみが二人の武芸者に土産を渡した際にカブを包んだ風呂敷だった。なぜかこの境内に落ちていて、見つけたコタロウがあの茂みに運んだ。いずみはそれを見つけたが、どうしてよいかわからなくて、そのまま茂みに落としておいた。血のついた風呂敷を、コタロウの動きに気づいた源之進は見つけたのだ。

いずみは木の幹に背中を押しつけ、息をひそめた。

源之進は道場にひき返してくるだろう。そして血の付いた風呂敷を突きつけて、これは何ですか、といずみに迫るだろう。

木陰からそっとうかがった。源之進は風呂敷を折り畳み、自分の手拭いで包んで、懐にしまった。そのまま、こちらへはひき返して来ずに、境内を歩いていった。

いずみは小径を玄関へ戻った。

細井川信蔵が式台に立っている。いずみが戻らないのでようすを見に出てきたのだ。

「誰でしたか」

「塚西さんです。父を訪ねてきたのですが。出直してくるそうです」

信蔵はいずみをうかがった。

「顔色が悪いですよ。今日は稽古を休んではどうです?」

「大丈夫です」

まぶたに、離れていく源之進の後ろ姿が浮かぶ。血の付いた風呂敷について、いずみに何もたずねず、こんな物がありましたよと知らせることさえしないで。

塚西さんは何を考えているのだろう。

いずみは不安な表情で稽古場に戻った。


稽古が済んでから、和尚に話を聞いてもらいにいった。

「どうした?」

座布団を置いて向き合い、いずみがこれまでに起きた出来事を語ると、安龍はエラの張った四角い顔の小さな目に考え深い色をたたえて、

「いずみちゃんの頭のなかではすべてのできごとがつながっておるのだな?」

と訊いた。

「はい。師走になって起きたことはつながっていると思います。二人の武芸者が来て、稽古はそこそこに、父と何かの話をして、帰りました。その夜、二人は雑木林の祠に行き、斬られたのです。カブがその場所に落ちていたのに、包んだ風呂敷は消えていた。同じ夜、父は外出して、怪

我をして帰ってきました。風呂敷が細長く折られ、血が付いて、ここの境内に落ちていた。おそらくは、父が傷口を縛って境内まで来て、打ち捨てたのか、落としてしまったのか。その後、父はいなくなり、奉行所の塚西さんが父にたずねにやって来ました」

「ふむ」

「ということは」

その先を言えずに目を伏せた。安龍が言葉を継いだ。

「ということは、つまり、蔵人と武芸者たちは道場で何事かを話し、祠で会おうと約束した。夜に蔵人は祠で二人を斬り、抵抗を受けて自分も腕を斬られた。その後、ほとぼりが冷めるまで隠れるつもりで、ここを離れた。借金の取り立てもあるが、それは主なわけではない。と、そう考えておるのだな？」

言葉に出してまとめるとそういうことだ。そう考えざるを得ないのがつらかった。安龍は頰をゆがめた。笑ったようだった。

「さっき、塚西どのがうちへも来た」

風呂敷を拾った後でここへ寄ったのだ。

「それでわしからもいろいろとたずねてみた。いまの考えに合わないことがらを幾つか聞かせてもらったよ」

「合わないことがら？」

「うむ。たとえば、二人の武芸者の刀だが。鞘に収まったままで、刀身は汚れていなかった。血も脂も付いていない。つまり蔵人の腕の怪我は二人と斬り合ってできたのではない。そもそも、あの夜、蔵人は刀をわしらに見せた。きれいな刀だった」

「では、父の傷は、父が言っていたとおり、枝が落ちてきて?」

「それはどうかわからん。わしには刀傷に見えたが」

父はあの二人とは違う人に斬られたのだろうか。いずみは首をかしげた。

「まだあるぞ。武芸者たちの体に残っていた刀傷だが。一人は額を真っ向から縦に割られていた」

安龍は自分の額に手刀を当てた。

「その傷は、額というよりも、頭頂に近い所から始まっているというのだ。斬ったほうはどういうやつか、わかるか?」

「背の高い人物?」

「そうじゃ。腕も長くて、おそらく、すばやく片手で太刀を抜き、大きく振り下ろした。斬られたほうは、間合いが取れていると油断したのだろう。頭頂に一撃を喰らってしまった」

「背が高く、腕力に秀でた人物……」

「あとの一人は、腰の辺りを真一文字に絶たれておった」

「横一文字に斬ったのですか」

「ああ。刀を真横に払ったのだ。斬った人物は、腰を低くして、こう……」

腕を水平に振ってみせ、

「これは神之木流の太刀筋ではない。しかも、背の高い者には、こうは斬れん。背が低い者だ。つまり、斬られたのは二人だが、斬ったほうも少なくとも二人いた。神之木流と違う流派の者たちじゃ」

「雑木林から一人の人影が出ていくのを、町の商人が見ています」

「一人か。それは下手人たちではないな。蔵人であったかもしれんが。斬ったのは蔵人ではない」

安龍の口もとに笑みが浮かんだ。

「塚西どのはそう考えておるようだ。いろいろな考えを捨てずに地道に調べておるようだが」

「ありがとうございます」

いずみは心が少し軽くなった。

「疑念は晴れました。でも、父はどこまで行ったんでしょう。いま頃どこにいるのか……怪我の具合も、もう良くなっているのかしら……」

心配の種はまだ幾つもある。不安の根っこは父のいまのようすがまったく知れないことだった。

安龍は、

「腕の傷はそろそろ癒えておると思うが」

とつぶやき、

「娘に心配させるとはのう」

気の毒そうにいずみを見守っていた。

四

袋竹刀を打ち合う音が響いている。

いずみは少年が打ち込んでくる相手をしていたが、体が重かった。心身ともに下り坂だった。休憩になって、稽古場の端で正座し、目を閉じた。

この二、三日集中できていない。気を落ち着けようとした。あと十日でおおつごもりだ。師走の忙しない空気が、世間から離れたこんな道場にまで流れてきているのだろうか。

連子窓から声が聞こえる。井戸端に出た少年たちが喋っている。

「吾久郎さまは徒手でも強いのですか」

「もちろんだ。恵美須道場の四天王だからな」

と吾久郎自身がこたえている。

「では、四天王のなかで、徒手も剣技も合わせて一番強いのは？　やはり吾久郎さまでしょうか」

「うむ。能ある鷹は爪を隠しておるのだ」

「このあいだ武芸者に面を取られていましたが？」

「鷹であるしるしだ」

「ふうん。一番は吾久郎さまか」

吾久郎はからかわれていることに気がついているのだろうか。

「では、次に強いのは？　やはり師範代ですよね？」

「そうだな。姫松も強いが。師範代と姫松は互角かもしれぬ」

「姫松さんは石津という人に徒手でやられました。それでいうならいずみさんのほうが強いですよ」

「確かに。いずみどのは強い」

「師範代といずみさんと、どちらが強いかなあ。あの二人、戦わないのかな。戦えばどちらが勝つのかな。吾久郎さまはどう思いますか？」

「ううむ。難問だ。師範代は門弟のなかで頭ひとつ抜きん出ている。だがいずみどのは先生の娘だ。幼い頃から武芸を教え込まれておる。天賦の才も持っている。それに、ひょっとすると、一子相伝の必殺技を伝授しておるやもしれぬ。雷の一撃みたいな秘密の技を。くわばらくわばら」

いずみは目を閉じて聞きながら、自分はやはり稽古場に戻ってくるのではなかったか、と思った。門弟の格付けなどをして稽古場の空気が落ち着かず波立っているとすれば、わたしのせいだ。

だいいちわたし自身、留守番のつもりであって、剣術をやり直そうと覚悟してはいないのに。

「ごめんくだされ」

玄関で呼ぶ声がした。井戸端のお喋りが止んだ。いずみは立って玄関にまわった。

見知らぬ武士が立っていた。

年の頃は、よくわからない。一見して、老けて見えるが、四十前後のようでもある。着馴れた袷に袴、脚絆に草履。旅の武芸者と見える。

「拙者、松虫弥右衛門《まつむしやえもん》と申す。兵法修行で諸国をめぐっております。神之木流のご指南をいただきたく、参りました。ご当主にお取り次ぎいただきたい」

ずんぐりとした小兵で、浪々の暮らしに疲れてくすんだ感じの、風采のあがらない男だった。やたらと畏まった話しぶりが、ちょっと滑稽だ。

「当主はあいにくと不在でございまして」

「あいや、それは困ったな」

自分の額をペシッと叩き、飯にも寸志にもありつけないのかというふうにきょろきょろと視線を走らせる。マツムシというより沢蟹を思わせる顔だった。

「あの、よろしければ稽古なりとご覧いただければ」

「さようでござるか。せっかく参りましたゆえ。では遠慮なく」

上がり框に腰を掛け、草履と足袋を脱ぐとぱたぱたと土埃を払い、きちんと揃えて置いた。

稽古場に案内し、上座を勧めたが、

「は、かたじけない。拙者はこちらで」

松虫は顔の前で手を振り、下座に正座した。

門弟たちが井戸端から戻ってきた。吾久郎は、

「やあ、今年の暮れは修行の方が多いなあ。富士講か伊勢参りみたいに流行《はや》っておるのかな」

と尊大な態度であぐらをかいた。

稽古が始まり、皆が打ち合うと、松虫はおとなしくそのようすをうかがっている。細井川信蔵が、

「松虫どのもいかがですか」

と声を掛けると、

「よろしいのでござるか。しからばご免」

胴着を着け、懐から自分の手拭いを出して頭に巻き、その上から鉄鉢を締めた。袋竹刀を取って、

「よろしくお願い申します」

青年の門弟たちと軽く打ち合った。自分が目立たないように門弟たちに適当に打たせている。本気になればかなりの技量だと思えた。

どこかで見たことがある、といずみは感じた。初めて会うはずだが。どこかで見た。

ひととおり打ち合いが済むと、吾久郎が言った。

「松虫どの。そろそろ、一手ご指南という段でござるかな。拙者でよろしければお相手つかまつろう」

胸を貸してやるという顔を松虫に向けた。姫松泰治郎は主家の御用で今日は来ていない。

「ありがとう存じます」

松虫は一礼して稽古場の中央に進み出た。吾久郎は、

「よおしっ」

袋竹刀をブウンと振った。

皆は稽古場の縁に並んで正座する。

吾久郎は松虫に対峙してきりりと表情をひきしめ、正眼にかまえた。

「よし来い」

「お願いつかまつる」

松虫は、正眼にかまえ、八相になおした。力を抜いて、ふらりとたたずむ気配だった。見たことがある。いずみは記憶を探った。

「ええいっ」

ひと声に気合いを籠めて、吾久郎が前に出た。松虫は右肩をひいて退いた。吾久郎を誘っている。吾久郎が飛び込んだ。

「えいっ」

吾久郎の竹刀が松虫の鉄鉢を打った。と同時に、松虫の竹刀が吾久郎の胴を斜め上から叩いていた。

「ふうむ。相打ちか。引き分けだな」

と吾久郎が言った。

「いえいえ。拙者は面を打たれました。貴殿の勝ちでござる」

松虫は袋竹刀を下ろしてお辞儀をした。

吾久郎が打った面は、鉄鉢をかすった程度で、松虫は、かわそうと思えばかわせていただろう。それに対して松虫の胴打ちは正確で、これが真剣勝負ならば吾久郎の腹を裂いて致命傷を与えていたにちがいない。

いずみは思い出していた。松虫の足さばき、間合いの取りかた、緩急のつけかた、身のこなし。石津忠也と同じだった。若くて背の高い石津は、力に任せてぐいぐいと押してきた。松虫弥右衛門は、小兵で、自分からは出ずに退いて相手を誘う。正反対の剣技に見えるが、根っこにあるものは変わらない。同じ流派だと思われた。

「わたくしも一手お願いします」

いずみは言った。好奇心が動いた、というよりも、確かめたかった。

石津と同じ流派なのか。いや、それよりも、同じ流派だとして、なぜ二人も、うちの道場にかまうのか。疑問の根はそれだった。

吾久郎は、おれが勝ったんだからもういいでしょう、と怪訝そうに見てくる。松虫は、

「竹刀でよろしければ」

とうなずいた。

いずみは袋竹刀を手にして進み出た。

松虫と対峙し、正眼にかまえた。

松虫も正眼にかまえて、そのまま力を抜いたふうに動かない。身にまとう空気が、やはり石津忠也と同じだった。松虫と石津は親子ほど年が違うが、同門であるのは間違いなさそうだった。

石津から聞いてこの道場を試しに来たのか。石津のかたきを取りに来たのか。吾久郎ではなく、わたしを打つために。

松虫が泰然として動かないので、いずみはジリッと前ににじり出た。

松虫は戦う気配も感じさせず静かにたたずんでいる。いずみは苛立ちを覚えた。受け身の技が自分に似ている。それが松虫の思うつぼだとわかっていても、もう半歩、前に出た。

松虫の右肩が下がった。打ってくる。いずみは機先を制して前へ出た。

「えいっ」

松虫の右手首を打った、と思ったが、竹刀は空を切っていた。松虫の体が、すうっと横へ流れた。いずみは態勢を立てなおそうと竹刀を上げた。松虫の姿が消えた。

「えっ？」

ぱあん、と胴着に衝撃を覚えた。松虫は体を沈め、竹刀を水平に払って、胴着を打ったのだった。いずみとは間合いを取って、しかも胴を深く断てるように、竹刀を片手で持って大きく横一文字に振りきっていた。

いずみは呆然としたが、

「恐れ入りました」

と頭を下げた。松虫はていねいにお辞儀をした。

「いえいえ、こちらこそ危ないところでした」

吾久郎は悔しそうに、

「一勝一敗か。師範代、けりをつけてくだされ」

と言った。細井川信蔵がこたえる前に、松虫は手のひらを挙げた。

「このうえはもうご勘弁を。いやはや、こちらの道場は猛者ぞろいでござる。拙者、二番続けて、疲れ果て申した」

下座に戻って正座した。

いずみも稽古場の端に戻った。胴着の上から片手打ちされただけなのに体の芯がまだ痺れている。真剣なら骨まで断たれていたところだ。戦う前に松虫が、竹刀で、と言ったのは、木刀でやればいずみの骨が折れるからという意味合いがあったのだと気づいた。完敗だった。

ふと、もうひとつの意味合いにも気づいた。竹刀でよろしければ、と言ったのは、いずみが袋竹刀ではなく木刀で戦うのを前もって知っていたからだ。やはり石津忠也にいずみのことを聞いて来たのだ。いずみは松虫の顔をうかがった。沢蟹を思わせる平たい顔は表情を見せずに稽古を眺めている。

そもそも石津と松虫は何のためにここに来たのだろうか。なぜ、恵美須道場にかまうのか。ただの武芸修行なのか。松虫の凡庸ともいえる顔つきがかえって不気味に思われた。

しばらくして松虫は道場を辞した。いずみが慌てて寸志を用意して玄関で手渡すと、

「いや、どうも、お気遣いなきように」

と恐縮しながら、

「では、ありがたく」

と押し頂いて包みを懐にしまった。

「あの、松虫さまのご流派は、どちらの？」

いずみが訊いても、

「名もなき田舎剣法でござるよ」

天下我孫子流とはこたえず、はぐらかして、去っていった。

二日後は、母の命日だった。

安龍和尚が本堂でお経をあげてくれた。イネもハナも一緒に座ってくれた。

いずみは、手を合わせて、母に語りかけたが、近頃起きているできごとはそのなかに入れなかった。母上があの世で心配してはいけないと思ったからだった。父上は所用でちょっと出掛けています、じきに帰って来ます、とだけ胸中で言い、あとは織り物やコタロウの良いおこないを語るのにとどめた。

その六日後には、門弟たちが集って、歳末の餅つきをした。

毎年道場でおこなわれる慣わしだが、いずみは、今年は道場主が不在なので、餅つきのことは口にしなかった。しかし、細井川信蔵と姫松泰治郎が、餅をついて先生がお帰りになったら新年をつつがなく迎えられるようにしておきましょう、と言い出したのだった。

例年どおり、聖天寺から臼と杵、せいろ、もろぶたなどの道具を借り、門弟たちが米を持ち寄った。

穏やかに晴れた一日だった。井戸端の横の庭先で、朝からにぎやかに開かれた。

門弟たちは交代で杵を持ち、もろ肌を脱いで餅をついた。笑い声があふれた。いずみは明るい気分になってハナと一緒に餅の形をととのえ、並べていった。イネとハナも加わって聖天寺のぶんもつくるのが恒例だった。

姫松泰治郎がそばに来て、

「松虫とやらいう武芸者が訪れたとか。拙者がおれば相手をしたのですが」

申し訳なさそうに言った。吾久郎に聞かされたらしい。

いずみは餅を切りながら、

「あの方には学ばせてもらいました。片手打ちです。剣はもっと自在に使ってよいのだと」

「先日の石津忠也の仲間のようですね」

「どうして?」

「師範代の見立てです。石津と似た太刀筋だったのでしょう?」

いずみは誰にも言わなかったが信蔵もいずみと同じ見方をしていたのだ。

「わたしが出過ぎたまねをしたので松虫どのが仕返しに来たのかもしれません」

泰治郎は悔しそうに、

「いずみさん、遠慮せずに徒手で投げ飛ばしてやればよかったのに」

いずみの隣りにいたハナが、

「姫松さん、いいかげんなことを言わないでください」

と横目でにらんだ。

「いずみちゃんは留守番してるだけですよ。お父さまの代わりに座ってるだけでいいのに。道場破りの相手は姫松さんたちでやってください。いずみちゃんに頼りすぎ」

「しかしいずみさんは強いので、どうしても」

「そういうところがいけないんです。強い、だなんて。いずみちゃんはそれが嫌なの。その扱いが」

ハナは両手のひらのあいだで餅をぐるぐる回して、

「その、松とか石とかの師弟も、かわいそう。こんな年の瀬に、故郷に帰ることもできないで、道場めぐりだなんて。あたたかい夜着で眠れてるのかな」

初めて石津を見たときは盗っ人の下見かなどと言っていたくせに、いまは同情している。

鏡餅をつくった。ウラジロ、昆布、橙などはイネが歳の市で買ってきてくれたので、おおつごもりの日に稽古場に御鏡を供えることにした。

父上が飾りつけてくれたらいい。あと二、三日のうちに父上が帰ってくる。もう少しの辛抱だ。年が明けたら、ハナちゃんと絹織りに取り掛かろう。胸がおどった。

五

次の日は稽古は休みだった。

曇天だった。朝から北風に落ち葉と砂埃が舞っていた。

いずみは、父の寝所に入って、簞笥の引き出しを探った。おおつごもりになれば米屋や八百屋が掛け金を取りに来る。払えるだけの金があるのかと小さな木箱のなかを確かめてみた。

暮らしに必要なぶんの支払いは何とかなりそうだった。今船屋へ返す二百両は父が持って帰るだろうから、それも片がつく。夜逃げをせずに年を越せそうだった。

庭で、コタロウが、にゃあと鳴いている。いずみは、今船屋がまた見回りと称して勝手に入り込んだのかと眉根を寄せ、縁側へ出ていった。

コタロウは縁側で尻尾をぴんと立てて睨みを利かせていた。

前栽の前に、同心の塚西源之進が立っていた。腕組みをして、目を建物の裏手のほうに向けている。

「塚西さん」

「あ、勝手に入り込んで失礼しました」

源之進は縁側に近づいた。コタロウは、シャアとひと声残して庭に降り、離れていった。

「お茶をお持ちしましょう」

「いえ、おかまいなく。先生から便りは?」

「ありません。おおつごもりまでには帰るはずですが。今日は、何か?」

源之進は、はあ、と言いよどんだが、

「例の一件ですが。武芸者たちが斬られた場所に、どうやら、先生がいたと思われるのでござる」

「あの、雑木林の祠に?」

「斬られたときにいたのか、その前後にいたのか、それはわからないのですが」

「どうして、そう思われるのですか？」

「そうかもしれないと思わせるしるしが幾つかありまして」

言葉を濁した。

風呂敷だ、といずみは思った。カブが死体の横に転がっていて、カブを包んでいた青海波の柄の風呂敷は丘ひとつ越えた聖天寺の境内に落ちていた。血が付いて。しかも、その夜父は外で腕に怪我をして帰宅した。斬られたような傷だった。奉行所では、父が死体のそばにあった風呂敷で傷口を縛って家まで戻ってきたのだと見当をつけたのだろう。

源之進が風呂敷をいずみに示してこれに見覚えはないかと問い詰めないのはなぜか？

奉行所の推察をいずみに悟られれば父に危険を知らせると思っているのか。あの風呂敷は二人の武芸者が持っていた物だと確かめるのは、二人が夕餉をとった飯屋でもできる。おそらくすでにそうしたのだろう。

安龍和尚は、死体の刀傷から、父が斬ったのではない、と推しはかった。神之木流を学んだ源之進も同じ見解なのだろう。だが、奉行所では、また違った考えで調べているようだった。

「先生がお帰りになるのを待つしかないですね」

源之進は寒そうに背中を丸めて歩きだした。

「便りがあれば、お知らせくだされ」

決め手となる明らかなしるしもないのに来て、もう帰るのか。

見回りに来ているのだ、この人も。

「何度も来ていただいて……」

と見送りながら、そう思った。


父上が金の工面をつけにどこかへ出掛けたのだったら、そんなに心配しない。でも武芸者たちが斬られた件に関わって姿を消したのなら。奉行所に、逃亡したと疑われているのなら……ひょっとして父上は本当に道場とわたしを捨てて逐電したのだろうか。

そんなことは絶対にない。胸中で自分にきっぱりと言った。

帰ってきますよ。耳底に聞こえるのは、母の声だった。

波立つ気分をまぎらわせようと台所の掃除をした。

煤払いを済ませているので土間を隅々まで掃いてもすぐに掃除は終わった。食器を拭いてみがき、きれいに並べて片付けた。それでもものの足りなくて、勝手口から出て、竹ぼうきで山門まで小径の落ち葉を掃いていった。

北風はおさまっていたが、曇天はさらに雲を重ねて暗くなり、空気は冷え込んできた。

白い息が流れる。落ち葉を掃き集めていると、ばさばさと羽の音がした。視界の隅を黒い大きな鳥が横切った。カラスだった。

山門の外に、人影が動いた。

黒い法衣に白い尼頭巾。いずみは、寺内町のどこかの寺の尼僧が聖天寺を訪ねてきたのだと思った。

道から門内をうかがっている尼僧は、黒目がちの瞳をこちらに向けた。三十代半ばで、色が白く、唇が薄い。いずみは思わず、

「あっ」

と声をあげた。

十日ほど前に父が今船屋と町の旅籠に入るのを見掛けたことがあったが、そのとき旅籠をうかがっていた尼僧だった。いずみは、

「あの」

と声を掛けた。

「聖天寺を訪ねてこられたのでしょうか。それならここですけど」

尼僧は小さな山門に掲げた扁額を見上げた。

「おそれいります。聖天寺をめざして参ったのですけれど、こちらを訪ねるわけではございません」

声は低く、落ち着いた雰囲気だった。

「聖天寺の寺内に、恵美須道場という兵法の稽古場があると教えられて参ったのです」

「ございます。わたしはその者ですが」

いずみは尼僧の顔を見て、なぜだか遠い親戚が訪ねてきたような懐かしさを覚えた。初めて会うのに。いや、正しくは、見るのは二回目だが。こんなふうに感じるのは、最初に町で見たときに、尼僧が記憶のなかにある母に似ていると思ったからだった。いまあらためて見ても、尼僧はどこか母を思い出させる。顔立ちなのか、雰囲気なのか。いずみはどきどきしながら、

「道場に何のご用でしょうか」

とたずねた。

「つかぬことをおたずねしますが。師走に入ってから、こちらの道場に、住吉という者が訪ねてきませんでしたか？」

「住吉……」

住吉と鳥居。斬られた武芸者たちのうちの一人の名前だ。

「住吉正二郎《せいじろう》と申します。二十五歳。武者修行で、鳥居というお連れがいたかもしれません」

「はい。確かに。うちの稽古場で、ひととき修行をなされて。そのとき限りでしたが。でも、そのお方は……」

「知っております。その日の夜、この先の雑木林で……」

尼僧は言葉を途切れさせてうつむいた。息が小さく震えている。

「あの、道端では何ですから。よろしければ、どうぞ道場へ」

小径を道場へと、いざなった。玄関に入り、いずみが上がるように勧めても、尼僧は、

「いえ、こちらで失礼します」

と土間にたたずんだ。

「わたくしは、妙国尼《みょうこくに》と申します。寺内町の粉浜寺《こはま》に居ります尼でございます。住吉正二郎はわたくしの弟です。鳥居さんと修行の旅の途中、先月から粉浜寺に滞在して、江戸府内の道場をめぐっておりました」

「住吉さまは、信州から来たとおっしゃっていましたが」

「はい。高郡藩《たかごおり》の御馬廻り役の家柄でございます。わたくしは、早くに夫を亡くしまして出家し、つてを頼って粉浜寺に置いていただいております」

「信州の高郡藩……」

住吉と話したとき、いずみは懐かしさを覚えたものだった。母と同じ訛りがあるからだった。妙国尼は江戸の言葉に馴染んでいるが、その訛りが残っている。信州高郡藩のことをこの尼に詳しく聞いてみたかった。だが妙国尼は弟の不慮の死に暗いおもざしでうつむいている。

「あの日、弟に何があったのか。お奉行所でもお調べくださっていますけれど、わたくしなりに弟の行動を知りたくて。お勤めの合間に暇を見つけてはこうしてあちらこちらとたずね歩いているのでございます」

「あの日の住吉さまのごようすですか。あいにくと、道場主の父は、この数日、所用で不在で」

妙国尼は事のあらましを奉行所から聞いているのだろう。父を下手人と疑ってここへ探りに来たのかもしれない。

「そうですか。ご不在ですか」

「はい。ですが、わたしもお二人にお会いしましたので」

いずみは、自分が見た限りでの住吉と鳥居のようすを話した。

山門の前まで見送ったところまで話し終えると、妙国尼は、

「ありがとうございます」

とうなずき、

「お訊きしてもよろしいですか。実は、二人の死体のあったそばに、カブが落ちていました。二人とは関りがないのかもしれませんが」

カブを土産に渡したことは同心の塚西源之進に話したので妙国尼も知っていると思えたが、

「ここを出るときに、わたしがお土産に渡したものだと思います」

とこたえた。

「弟はどうやって持っていったのでしょう?　ずっと手で抱えて運んでいたのでしょうか」

「風呂敷に包んでお渡ししました」

「ああ、そうでしょうね」

いずみが黙っていると、

「あの、稽古場を、見せていただいてもかまわないでしょうか。弟が最後に習練した場所をひと

目見ておきたいのです」

と言った。

案内すると、妙国尼はがらんとした稽古場を見渡した。ここがそうかと確かめているふうな目だった。

「ありがとうございました。いろいろとご無理を申しまして」

山門まで見送った。妙国尼は日が陰りだした道に出ると頭を下げた。

「お父さまにもよろしくお伝えください。お帰りになる頃に、あらためてお礼を申しに参ります」

さびしそうに微笑んで寺内町に通じる坂道を上がっていった。

六

明日はおおつごもりだ。朝から始めた稽古は昼過ぎに終えて、門弟たちはいずみに年末の挨拶をして帰っていった。新年の初稽古は正月の三日になる。

いずみは竹ぼうきを持ち出して落ち葉がまた吹き溜ってる小径を掃いた。掃きながら昨日訪ねてきた妙国尼のことを考えた。弟を亡くしたさびしそうな顔が浮かんで胸が痛んだ。でも、下手人をつきとめるつもりで父を探りに来たのなら……。

カブを包んだ風呂敷のことを話に出したのは、何かを匂わせているようで気になった。奉行所でも問題になっていて、それを聞かされたのだろうか。

もしそうなら、父への疑惑は誤解だと伝えなければ。

落ち葉を掃く手が、ふと止まった。

何か、ただならぬ気配が、いずみを襲ったのだ。

何?

そっと振り返った。

山門の前の路上に、白衣白頭巾の男たちがたたずんでいる。十人はいるだろう。旅の巡礼といった身なりで、六十六部廻国巡礼なのか、厨子《ずし》を背負った者もいた。皆、声を立てずに山門の内をうかがっている。その集団が発する張りつめた雰囲気が、いずみの五感を打ったのだ。

いつからあそこに立っていたのか。錫杖《しゃくじょう》や鈴を持っている者もいるのに、物音も足音もしなかった。刀を持っているようすはないが、巡礼を装った武士の集団だと直感した。

だとすれば、うかがっているのは、聖天寺ではなくて、恵美須道場だ。

いずみは緊張した面持ちで辺りを見まわした。襲撃にそなえて隠れる場所を探した。

いや、隠れるなんて、そんなのは留守番をしていることにならない。

白昼からいきなり踏み込んできたりはしないだろう。いったい何のつもりで、うちを探っているのか。

いずみは、チリ取りに落ち葉を掃き入れると、片手にほうき、片手にチリ取りを持って小径を歩いていった。山門の陰から、そのまま路上に出た。白装束の集団に驚いたように、

「あっ」

つまずき、チリ取りの落ち葉を男たちに浴びせかけた。

男たちの目が鋭く光った。いずみは、よろけたふりで、その一人の腕につかまった。腕は硬く、相当に鍛錬した者だ。手練れの武芸者らしい。持っている杖は刀身を隠した仕込み杖のようだった。

「すいません」

いずみは頭を下げた。

「聖天寺にお参りですか？」

男たちは目配せしあった。ようすをうかがいに来ただけではなさそうだ。何かあればその事態に対処するつもりもあるらしい。緊迫した空気が濃くなった。いずみは、ほうきとチリ取りの柄を握りしめた。後ろに立つ男たちが、半歩下がってお互いに間隔を取った。いずみも軸になる左足を踏みしめた。それに気づいた男たちから凄まじい気配が起きる。

「おや、お参りですかな」

山門の内から声がした。安龍和尚がにこにこしながら現れた。

「ほお、廻国巡礼の……申し訳ないが当山は浄土宗でしての。法華経の奉納にはご縁がござらん

で」

いずみの横に立った。

安龍に続いて山門から四、五人の男たちが現れた。腹掛けに股引き、揃いの半纏を羽織った職人だった。

「和尚、どうかしましたかい？」

親方らしい男が声を掛けてきた。

「はてさて、どうしましたかな？」

と安龍は巡礼たちを見渡した。

「さようでございましたか。それならば宗派違いで」

と巡礼の一人が言った。

「坂道を上がって来ましたら、ゆかしげな山門があるので、つい足を止めて眺めておりました。お邪魔をしました」

巡礼たちは歩きだし、錫杖や鉦を鳴らしながら坂道を上っていった。

いずみは張りつめた空気が消えるのを感じた。

「年の瀬に、得体の知れぬ者らが通るわい。あやつら、どこへ行くのやら」

安龍がつぶやいた。

「和尚さん、助かりました」

「いずみちゃんは偉いな。不審を覚えて、独りで確かめに出て行ったのじゃな」

「あの人たち、武士のようだったわ」

「ふうむ」

安龍はいずみを見てにやりと笑った。

「いずみちゃん、留守番の務めに覚醒したな」

「何ですかそれ」

「お、そうじゃった。この衆は、道場に来たのだ」

と職人たちを指した。親方らしい男が、

「門松を立てに参りました」

と威勢よく言った。

「門松？　今年は頼んでいません」

「あっしら、大小路さまのお屋敷に出入りしている庭師でして。お殿さまからじきじきに、この道場の門松を飾るように言われました」

「でもそんなお金」

「おあしはお殿さまから出ます。じゃあ始めさせていただきますよ」

「お殿さまからじきじきに？　どういうこと？」

職人たちは境内にまわって、運び込んでいた葉の繁った長い笹竹や松の枝を道場の玄関口に移し、てきぱきと門松を組みはじめた。

できあがった門松は笹竹が軒を越える高さのものだった。職人たちは玄関前を清めるようにきれいに片付けて去っていった。


いずみが立派な門松を不思議そうに見上げていると、安龍が柴垣を抜けてやって来た。

「ずいぶん豪儀な松飾じゃ」

感嘆して門松を見上げた。

「和尚さんが、大小路のお殿さまにお願いしてくれたの？」

「御前《ごぜん》のおこころざしだ。じきじきにお礼を申せばよい」

安龍の後ろから、身なりのよい侍がやってくる。

いずみは滅多に見掛けることもないが、旗本の大小路刑部にちがいない。五十代半ば。恰幅の良い、風格のあるお殿さまだった。悠然とした足取りで道場の前に立つと、満足げな表情で門松を見た。

いずみは慌てて頭を下げた。

「お殿さま、このたびはありがとうございます」

「娘一人での留守番、いろいろと苦労も多いことだろう。困ったことがあったら、何なりと姫松に言いなさい」

後ろに家人の姫松泰治郎がひかえている。

「うちの粗忽者めが世話になっておるな。あいつでは役に立たんが」

はっはっは、と笑った。笑うと吾久郎に似ている。吾久郎は下屋敷暮らしの三男坊だった。

「そなたの父が、下屋敷から旅に出る際に、置いていった物がある。後で届けさせよう」

「わたしが取りにうかがいます」

「それでは、これから下屋敷に行こうか。身共も行くところなのでな、同道いたそう」

刑部は、安龍に、では、とうなずき、いずみを伴って歩きだした。後ろに泰治郎がつき従った。

山門を出て、坂道を下っていく。眼下に、霜枯れた畑と、百姓の集落が広がっている。

後ろについて、いずみは、お殿さまはわたしを誘いに来たのか、と思った。それにしても、父が今日明日にも帰ってくるというのに、いま頃になって、困ったことがあったら泰治郎に言え、と言うのは奇妙だった。そもそも、旗本のお殿さまがボロ道場を徒歩でぶらりと訪れること自体が奇妙なのだが。

「この辺りの地形は上り下りが多い」

と刑部が言った。

「寺内町、武家地、大名や旗本の下屋敷が混じっている。どんな意味があるかわかるかな?」

「安龍和尚に教わったことがあります。合戦の際に西からの敵を防ぎ止める要の地だと」

「そのとおりだ。一帯が、東海道と大山道《おおやまみち》を睨み、目黒川を越えようとする敵を食い止める布陣になっておる。うちの下屋敷もそのひとつだ」

大小路家の下に与《くみ》する聖天寺も恵美須道場もそうなのだ、と思った。

「身共の役職も教えたか？」

「幕閣の大目付さまの側近だとうかがいました」

刑部は、うむ、とうなずき、

「身共の仕事に、幕府隠密の元締めということがある。幕府隠密は知っておるか？」

「いいえ」

「わかりやすくいえば、大名や旗本が悪いことをしたり企んだりしていないか見張るお役目だ。そなたの父は、幕府隠密だった」

いずみは驚いた顔で刑部の背中を見た。

「いつのことですか？」

「そなたの生まれる前のことだ。何も聞いていないのは無理もない。このお役目は秘密を墓場まで持っていくのが掟だからな。そなたは母の素性や両親のなれそめについて、聞かされていないのであろう？」

「母はわたしが七歳のときに亡くなりました。ある藩の藩士の娘だとは言っていましたけれど。わたしが大きくなったら話すと言ったまま……」

刑部は振り向いていずみを見た。

「幾つになる？」

「十七です」

「年が明ければ十八。おつうさんがそなたを生んだのと同じ歳だな」

坂道を下った。集落の外れの四つ辻を左に折れて段々畑のなかを歩いていく。前方の雑木林でモズがけたたましく鳴いていた。

「おつうさんが亡くなったのは二十五歳。もう、十年経つか」

「お殿さまは母をご存知なのですね」

「おつうさんは、信州高郡藩の家老、帝塚山三左衛門《てづかやまさんざえもん》の一人娘だった」

「家老？」

「国家老といって、藩主を支える重職だ。その家老の娘を、蔵人が、かどわかしおった」

「かどわかし？」

「いや、駆け落ちというほうが正しいか。まあいずれにせよ、さらって逃げたわけだ」

はっはっ、と高笑いした。

「父はなぜそのようなことを？」

「それを語ると隠密の秘密に触れることになる。が、まあ、もう昔の話だ」

いたずらっぽい横顔を見せて、

「そなたが生まれる前の話だ。高郡藩に不穏の兆し有りというので、そなたの父は探索に出掛けた。藩内に潜入し、不穏な動きを暴き、謀反の企てを未然に防いだ。見事な手際だった。責を負って家老の帝塚山三左衛門が自害し、帝塚山家は改易となった」

「では、わたしの祖父は切腹して、家はなくなったのに、そう仕向けた父は、祖父の娘をさらって逃げたのですか」

「いやいや、そうではない。そなたの父と母は相思相愛。手に手を取って駆け落ちしたのだ。そなたの祖父の帝塚山三左衛門は、実際は、不穏な輩の一味などではなかった。幕府隠密のそなたの父と力を合わせて一味を壊滅させ、藩を救ったのだ。されど、藩主をかばい、お家存続のために、すべての罪をひっ被って自ら腹を切ったわけだ。三左衛門は、娘のおつうさんを守ってくれと蔵人に託したんだよ」

「父は母をつれて高郡藩を脱け出したのですか」

「そうだ。だが、かたちのうえでは、幕府隠密が謀反人の娘と駆け落ちしたのだ。藩も幕府もそれを良しと認めるわけにはいかぬ。蔵人は切腹ものだ。しかし、気持ちはわからぬでもない。蔵人が詰め腹を切らされれば、おつうさんは後を追う。そこで、蔵人は身共の預かりになったのさ」

大小路刑部が父と母を救い、聖天寺の空き道場に住まわせて庇護したのだ。

「おつうさんが早くに亡くなったのは悲しいことだ。三左衛門の名誉回復も帝塚山家の再興も見ないままに。だが、おつうさんにとっては、道場で蔵人と暮らした歳月はしあわせだったにちがいない。愛娘も授かってな」

しみじみとした口ぶりだった。いずみは、初めて聞かされた話に、気持ちがまだ追いつかず、雑木林の向こうにちらちらと見える白壁に視線を流していた。

「あの……」

「何だね?」

「十年前に母が亡くなったとき、父は家を空けていました。あのときも幕府隠密のお役目だったのでしょうか?」

「ふうむ。それは蔵人が帰ってきたら、じかに訊くがよい。十七年前のてんまつの詳しいことも、な。留守のあいだに身共が秘密を何もかも話したとなれば、あやつも怒る。そなたも、父の口から訊くほうが得心できるであろう。はっはっはっ」

まじめな顔に戻って言った。

「蔵人は、自分の留守におつうさんが亡くなって、そのことがよほど堪《こた》えたようだ。それ以来、道場主になりきって、そなたを残して長いあいだ家を空けることは決してしなかった」

ぱあん、と何かがはぜるような大きな音が響いた。鉄砲の音だった。雑木林から鳥たちがいっせいに畑のほうへ飛んでいく。刑部は黙って雑木林のなかの道を抜けていく。

どん、どどど、と鉄砲を何挺も連射する響きが枝の枯れ葉を震わせた。猟師が獣や鳥を撃つのだと聞いている。しかし射撃の音は、高い白壁の内、大小路家の下屋敷でしているようだった。

道は雑木林と白壁のあいだを進む。壁に沿って左に折れた。下は板張り、上は白壁の長屋門がある。下屋敷にしては立派な門だった。大小路家の家柄の格なのだろうか。大小を差した若侍が二人、門前で見張りに立っていた。刑部に気づくと深々と頭を下げた。刑部は脇の小門を自分で開けていずみを導いた。

門内に入るのは初めてだった。勤番長屋の奥に、石畳の道、その奥に表御殿があった。どどん、と鉄砲の音が近くなった。硝煙の臭いが流れてくる。建物と樹木のあいだから、敷地の奥に並ぶ白壁の蔵が見えた。蔵は多く、群立しているようだった。蔵の向こうには庭園が望めた。大名と旗本の格差はいずみにはわからないが、旗本の下屋敷というには広大で立派に過ぎる気がした。

厳しい表情の侍たちが御殿を出入りしている。まるで、いくさの準備をしているふうな緊張した空気があった。鉄砲の音が繰り返されるのは射撃の習練らしい。あの吾久郎さまがこの空気のなかで暮らしているのかと思うとちょっと不思議な感じがした。

樹木のなかの小径を、蔵のほうから歩いてくる男がいる。今船屋だった。今船屋は、いずみに気づくと驚いて足を止め、何げないふりで、もと来たほうへ戻っていった。

刑部は広い玄関から大廊下に上がり、控えの間に入ると、ついてきた姫松泰治郎に、

「持ってきなさい」

と言った。泰治郎は、刑部といずみに座布団を出して、奥へ入っていった。刑部は無造作にあ

ぐらをかく。いずみは下座に端座した。鉄砲の音が屋内にも届き、障子の桟がびりびりと震えた。

「うるさいであろう？　道場でも聞こえるか？」

「稽古中ですと聞こえません」

「それはそうじゃな」

「あの……」

「何だ？　言うてみい」

「いまも父は幕府の隠密ですか？　このたびも隠密のお勤めで？」

「そう思うか？」

「はい。さっきお庭で、今船屋さんをお見掛けしました」

それが？　といずみを試すふうに見てくる。

「父は借金をしたといいますが、使った先が見当たりません。貸した今船屋さんは大小路さまのお庭の奥まで出入りなさる方です……」

「つまり？」

「つまり、父がしばらく道場を空けるために、周りには借財の都合をつけに行くと装って、今船屋さんがその偽装の手助けをしているのではないかと……」

刑部は、満足そうな色を目に浮かべたが、

「いま進んでおる事態については身共からは何も言えん」

と言った。

「だが、今船屋は、見回りと称して、そなたと道場を見守っておる。それを含んでおればよい。親しげにすることはならんぞ。誰が見ておるかわからんから」

泰治郎が風呂敷包みを持ってきた。

いずみが開けると、父の袷、袴、下穿きなどの着物が入っていた。洗ってきれいに皺をのばしてある。泰治郎が言った。

「あまり着る物にかまわないで行くと人に軽く見られるから、とおっしゃって、当家の着物を借りてお出掛けになりました」

「そうでしたか。わざわざ洗っていただいて。ありがとうございます」

刑部はうなずき、立ち上がった。

「それでは。姫松、道場まで送っておあげ」

七

おおつごもりになった。

いずみは朝早くから聖天寺の庫裡で、イネとハナと一緒に元旦の料理をつくった。

喰積《くいつ》みに使う昆布、橙、搗栗《かちぐり》。祝い肴のゴボウ、黒豆、数の子。雑煮に入れる里芋、大根。イネが歳の市で買ってきた食材を料理していく。そのあいまに、掛け取りに来た米屋や八百屋、商人たちに金を渡して、いずみは道場と庫裡を行ったり来たりした。

あっというまに一日は過ぎて、日が暮れ、庫裡で早めの年越しそばを食べた。安龍は除夜の鐘をつかなければならないので、夜が更けてからが忙しいのだ。除夜の鐘をつきはじめる時分には、道場の門弟たちが鐘つきの手伝いと称してやってきた。道場には入らず、境内で喋りながら順に鐘をつく。寺内町の鐘の音も、唱和するように混じって丘の向こうから聞こえてくる。年の瀬の風景だった。

いずみは喰積みを道場の台所に運んだ。父はまだ帰ってこないので、自分の手で稽古場に御鏡を飾った。

夜は更けていくが境内に人が集って話し声や笑い声が聞こえてくる。いつもの夜みたいにさびしくはなかった。鐘の音と人声を耳にしながら、いずみは暗い台所の上がり框に座っていた。

父上が帰ってきたら庫裡で年越しそばを食べていただこう。お正月には、大小路のお殿さまが教えてくれなかったことをいろいろと聞いてみよう。

勝手口の外で人の気配がした。

「父上?」

小走りに土間を横切り、木戸を開けた。

暗がりに男がいた。今船屋だった。

「帰ってこられましたか?」

腕組みをしていずみの背後の台所をすかし見ている。

「どうやら、お帰りは、年明けのようですな」

「おおつごもりなので、もう帰ってくると思います」

今船屋は顔を上げて鐘の音を聞くそぶりをした。

「除夜の鐘もそろそろ百八つだ」

鐘が鳴り止んだ。最後の音の余韻が消えていくと、暗闇の静けさが辺りに広がっていく。

「年を越しましたよ」

境内に残っていた門弟の少年たちも帰っていく。にぎやかな話し声が波のひくように遠ざかっていった。

「さて」

「ここを出ていけと?」

「そう言わざるを得ないようですな」

今船屋は周囲の闇に聞こえるように、

「だが私も鬼じゃない。こんな寒い夜中に、いますぐ出ていけとも言えん。恵美須さまが帰るまで、立ち退きは待ってあげましょう。ただし、戻ったら、問答無用ですぐさま、ひき払っていただく」

辺りを見渡し、

「コタロウは？　出る際は、やつも一緒につれていってもらいますよ。あいつの爪は凶器だ」

コタロウが見当たらないので残念そうにきびすを返し、暗闇に消えていった。


夜半を過ぎて闇と静寂が道場を押し包んでいる。

いずみは父の寝間をあたためておこうと火鉢に火をおこした。熾火《おきび》に手をかざすと温かさに離れられなくなり、座り込んだまま行灯の灯を眺めていた。

もう丑三つ時だろうか。目は冴えていた。

いま頃どこにいらっしゃるのだろう。うちを目指して夜道を急いでいるのか。それとも、どこか遠い所で未だにお勤めに追われているのか。傷口がひどくなって病に臥せっていないだろうか。

お帰りは年明けのようですな。今船屋の言葉が浮かぶ。あの口調、いま思えば、事実がそうだと知っている口ぶりだったのではないか。そう感じた。

お殿さまは父上の消息をご存知なのかもしれない。

立派な門松を立ててくれたのは、留守番のご褒美だと感じる。

お殿さまは、なぜいま、ご褒美をくれたり父母の話をしてくださるのだろう。

父上が帰らないのをお殿さまはご存知で、一人で留守番をがんばって続けよ、と暗に伝え、励ましてくれているのではないか。

父と母のなれそめは、祖父の切腹、（母の実家の）改易を伴う厳しい話ではあったが、いずみにとっては心のあたたかくなる話でもあった。話してくれたお殿さまの気持ちがうれしかった。

けれども……。

父上は帰ってこない。

いずみの表情が陰った。父の足音が聞こえないかと耳をそばだてても、外はしいんと静まりかえっている。闇がすべての音を吸い込んでいる。音のない世界はおそろしい感じがした。いずみは廊下に出て、ひんやりした空気を吸った。

外で待っていれば父上が帰ってこないだろうか。

台所へ行き、勝手口から外へ出た。冷えきった外気を胸に吸い込んだ。

月のない夜空は晴れて、星明かりが柴垣や境内の木々に降りそそいでいる。

庫裡の灯りはもう消えている。寝静まっている。いずみの視線は山門に通じる小径に動き、そこで止まった。

人影が立っていた。武士の輪郭だった。

「父上」

人影は動かない。上背があり、がっしりした体格だった。

父ではない。

「誰？」

見つめていると、星明かりが、その姿を浮かび上がらせる。羽織に袴、大小を差し、仁王立ちしてこちらを見ている。いかつい顔つき、威圧するようなまなざし。五十年輩の男だった。

胸中が凍りつき、後ずさった。

覚えている。三年前、いずみが見ている前で、湊という青年を斬殺した男だ。

武士はくるりと背中を向け、小径を歩いていく。暗闇に霞んで、消えていった。

気配がなくなると、いずみは、ふうっと息をつき、木戸にぐったりと持たれかかった。全身の力が脱けてしまった。

あれ以来、杳として姿を消していた男がとつぜん、こんな深夜に……本当にいたのだろうか。いまのは幻なのか、それとも鬼か妖怪だったのか。

前栽に、赤い色が浮き出ていた。

センリョウだった。小粒の実が鈴なりに生って、暗い一角に、赤い炎が凍結したように映えている。

第三章　人を斬る道

一

聖天寺で元旦の挨拶をして祝い肴と雑煮をいただいた。

その後で、いずみは、安龍和尚が本堂の広縁にいるところへ寄っていった。

「年があらたまったのじゃ。もう少しは喜びなされ」

内心の鬱屈が顔色に出ていたのか、安龍にそう言われた。

「父が帰らないうえに、昨夜は鬼か幻を見たんです」

三年前に見た男が現れた話をした。それを聞くと安龍も眉根を寄せて重い表情になった。

「新年早々、鬼が出たか。嫌なものを見たな。どこから現れよったか」

「鬼払えをしてもらえませんか」

「わしの念仏で退散するかの」

「大小路のお殿さまにお願いしてください」

「それを、なぜわしに頼む?」

安龍は警戒する面持ちになった。

「和尚さんは、よく姫松さんと囲碁をしながら話し合っているでしょ? 姫松さんは、大小路の下屋敷に詰めていて、お殿さまは幕府の隠密を束ねていらっしゃる。父はその隠密の一人で、お殿さまと和尚さんの世話で道場で暮らすようになった。そしてこの場所は、西からの敵を防ぎ止める江戸防衛の要の地だと聞きました。皆つながってる。聖天寺も和尚さんも、隠密に関わりがあるのね」

安龍は驚いた顔になり、にやりと笑った。

「よう読んだの。当たりとも外れともいまは言えんが。お殿さまには泰治郎を通じて鬼の話を伝えておくでな。この後も何かあればわしに言えばよい」

聖天寺から帰った後は、文字どおりの寝正月で過ごした。いずみは体の調子もすぐれない時期だったので、敷きっ放しの夜着に潜り込んで臥せていた。コタロウが、心配してか、ここが温かいと思ってか、夜着の上に丸くなって寝ていた。

三日は朝のうちに初稽古があった。

稽古の初めに、門弟たちの挨拶を受けた。いずみは、

「この場所には師範代が」

と言って、細井川信蔵を上座に座らせようとした。信蔵は、

「それは違います」

と頑なな態度で、いずみを上座に座らせた。お互いが少し意固地になって譲り合ったので門弟の少年たちはにやにやして眺めていた。

昼前に門弟たちが帰っていくと、いずみは、信蔵と姫松泰治郎に、

「父はまだ帰ってきません」

と告げた。

「それで、申し訳ないのですが、もうしばらくお二人に指導をお願いできないでしょうか」

もちろんですという顔で二人はうなずいた。信蔵が訊いた。

「今船屋は何か言ってきましたか?」

「父が帰るまではここに居てもよいと。心配は要りません」

泰治郎が言った。

「年の瀬には他流の武芸者が多かったですね。先生がお帰りになるまで、他流の方お断りとしますか?」

年末にハナに叱られたことを考えているのだろう。いずみは信蔵を見た。

「細井川さんはどう思います?」

信蔵は泰治郎を見て言った。

「恵美須道場は開かれた研鑽の場だ。先生のご意志を曲げるわけにはいかん。手合わせを望む者

があれば拙者が相手になる」

決然とした態度に泰治郎は黙った。いずみは言った。

「門戸は開いておきましょう。わたしもお手伝いします」

最後のひと言に、信蔵と泰治郎は何か言いたそうだったが、いずみは笑ってうなずいた。

二人が帰ると、いずみは寝間着に着替えて、夜着に潜り込んだ。

「コタロウ、足もとで寝てよ。湯たんぽ代わりに」

コタロウは畳の上で毛づくろいをしていたが、にゃあと鳴いて、いずみの胸の上に丸くなった。

「重いよ」

勝手口のほうで、

「いずみちゃん」

ハナの声がした。いずみは寝間着に褞袍《どてら》を羽織って台所へ出た。袷に半纏を着たハナが弁当箱を掲げてみせた。

「大福餅いただいたの。一緒に食べよう」

「いいねえ、お茶淹れるわ」

湯を沸かし、いずみの寝間で渋茶と大福餅を味わった。

餡の甘みが口中に広がると体がほっとする。ハナはいずみの顔色が悪いのを気にして、

「初稽古には出たの？」

とたずねた。

「座ってただけ」

「細井川さんと姫松さんに任せておきなさいよ。ぜんぶつきあってたら体を壊しちゃう」

ハナはいずみの顔をまじまじと見つめた。

「この頃いずみちゃん、尖ってきたね」

「何が?」

「顔つきが。優しげだったのが、ピリッと尖ってきた感じ。子供の頃の、剣術修行をものすごくやってた頃の顔に戻ってきたみたい。剣士の顔つき」

「そう? 自分ではわからないけど」

「鏡見てる?」

「見てるわよ」

ハナは大福餅をもうひとつ頬張り、渋茶をすすって、

「子供の頃、わたしが男の子たちにいじめられると、いずみちゃんが助けてくれたじゃないの。いじめっ子には手加減せずに。相手の大将を、えい、やあっ、きれいに、のしちゃったわ」

と笑った。

「あったね、そんなことも」

ハナの顔からスッと笑いが消え、

「いずみちゃんは大人の技を使うって子供心にわたし思ったわ。これは子供の喧嘩じゃないって。あの頃のいずみちゃんは他の子供とは違うところにいた。すでに武芸者だったな」

子供が、目の前にいる子供を、自分の仲間として見るのではなく、得体の知れない異物ででもあるみたいに見ている。そんなまなざしがハナの瞳によみがえっている。

「いずみちゃんがまたそっち側に行っちゃうと……いずみちゃんは、それが望み？」

いずみは首を横に振った。

「わたしの望みは、島田に結って着物を着て、機を織ったり畑を耕したりして暮らすことだよ」

ハナは深くうなずき、

「お父さま、早く帰ってきてほしいね」

もうひとつ大福餅を取った。

「ほんと、そうだよ」

いずみもまたひとつつかんでぱくぱくと口を動かした。


翌日、妙国尼が訪ねてきた。稽古が終わり、日暮れまでまだ間のある時分だった。

「近くに用事があって、帰りにこの前を通りかかったものですから。厚かましいとは存じますが、先日お会いできなかったご当主にご挨拶をと思いまして」

「父はまだ帰っておりません。何度もお越しいただいて申し訳ありません」

袷に着替え、髪を後ろでひっつめたいずみは、座敷に案内してお茶を出した。

　妙国尼は、

「年を越してもお帰りではないとは。遠くへ行かれたのですか。行き先はご存知ないのでしたね」

　穏やかにいずみを見た。

「父からは便りもないので、いつ帰るかもわからないのです」

「それは……娘さんお一人での留守番は心細いことですね」

　妙国尼は紺の風呂敷包みを解き、竹の皮で包んだ物を出した。

「同郷の知り合いからいただいた物です。よろしかったらどうぞ」

　いずみは包みを開けた。乾燥した豆腐が藁で結んである。

「これは、高野豆腐？」

「わたくしの故郷では、凍《し》み豆腐といって、高野豆腐とは作り方も違うのです。戻し方や食べ方は同じですけれど……弟の好物でした」

「いただきます。信州高郡藩でしたね」

「ええ」

「ふるさとは、どんなところですか？」

「わたくしの故郷？　何もないところですよ。山と森と、谷あいの段々畑と。もっと高い山々と。

ご城下の町は、街道沿いにあるので、それなりに栄えていますけど。どうして知りたいの？」

「いえ、わたしはここを離れたことがないので。他所《よそ》がどんなのか興味があります」

父がかつて潜入した藩だった。そのことは幕府隠密の秘密に関わるので、母の故郷ですと言いたくても言えなかった。妙国尼は微笑んだ。

「わたくしは故郷を離れて、あちらこちらと彷徨《さまよ》った果てに、この地に来ました。どこも仏縁で導かれた土地ですからありがたい場所でしたが、ここは、どの土地よりも豊かで暮らしよいところです」

話す姿に慈悲深い人柄が表れている。記憶のなかの母に似ている。同じ高郡藩なのだからひょっとして母の親族ではないか。そう思って妙国尼の顔を見つめた。妙国尼の実家、住吉家は高郡藩の御馬廻り役だと言っていた。妙国尼は母と同じ年頃だ。親族ではなくても、国家老の娘だった母を知っているかもしれない。訊いてみたい。だがそんなことをすれば、いずみが藩の謀反人として切腹した者の孫娘だと知られてしまう。謀反人の娘と逐電した男がここで道場主になっていると知られてしまう。

妙国尼は雑談を続けた。門弟は幾人いるのか、稽古はいつ行なっているのか、と道場の話もした。しばらくして、

「すっかり話し込んでしまいました」

と詫び、座を立った。

いずみは、土産に干したカブを包もうとして、祠のそばに転がっていたカブを思い出して止め、代わりに餅を幾つか包んで、山門まで見送った。

「いずみさんと話していると心が安らぎます。またお訪ねしてもよろしゅうございますか」

「はい。わたしも留守番のつれづれが慰められます。ぜひ」

木々の影がのびた坂道を、妙国尼は自分の影とともに上がっていく。

いずみは山門の前にたたずんで見送りながら、ふと、思い至った。

あの二人の武芸者、住吉と鳥居は、道場を訪ねてきたとき、道場主が高郡藩のお家騒動に関わって家老の娘と逃げた男だと気づいたのではないか。

妙国尼はそれを知ってか知らずにか父と会おうとしている。いずみは警戒した。けれども、妙国尼と話していると母といるようなやすらぎを覚えるのも確かだった。

台所に戻ると、ガサガサ、カリカリ、と妙な音がする。

コタロウが、台の上に置いてある凍み豆腐をかじっていた。

「ちょっと、コタロウ、あんたそういうのが好物なの？」

コタロウは、自分の口の周りをぺろぺろと舐めて、未練そうに、にゃあ、と鳴き、廊下へ逃げていった。

二

正月五日。恒例の迎春試合が行われた。

稽古場の両端に、門弟たちが東西に分かれて並び、順に一本勝負で戦っていく。皆、白だすきを掛け、鉄鉢に胴着、籠手をつけて、御鏡を飾った神棚に一礼し、気迫を籠めた打ち合いをするのだ。

上座にいずみが座り、脇に細井川信蔵が就いて勝敗の判定をした。十八人の門弟が集まっていた。そのうち十人は前髪の少年たちだった。元気な声が響き、袋竹刀で打ち合う音が稽古場に鳴りわたった。

最後は、姫松泰治郎と大小路吾久郎の対戦だった。

いつもなら、吾久郎ががむしゃらに前へ出て力技で打ち込むのを泰治郎が受けきって鋭い一撃を放つのが、お決まりだった。この日は違った。吾久郎は前へ出ながらも、一本調子にならぬように打つ箇所と拍子を変えて泰治郎をてこずらせた。

「でえいっ」

泰治郎が出ようとすると、吾久郎は正眼にかまえてするすると退いた。少年たちのなかに、

「おお、吾久郎さまが自ら下がった」

驚く声がした。泰治郎が打ち込みながら追い詰めていく。その一瞬の隙をついて、吾久郎が前へ飛んだ。

「きええいっ」

面を打つ勢いで、籠手を狙った。

「おっ」

泰治郎は竹刀を立ててかろうじてかわした。狙いを外した吾久郎はしかし退かなかった。泰治郎の片腕に自分の片腕をからめて、体をひねり、泰治郎を投げ倒そうとした。

「なんの」

と泰治郎は吾久郎の足を払った。

「うわあっ」

吾久郎は前のめりに倒れた。どっとうつ伏せに倒れ伏し、その背中に泰治郎が乗りかかって押さえ込んだ。

「あああ、まいったぁ」

吾久郎は床板をばしんばしん叩いた。

「ひがしっ」

細井川信蔵が泰治郎の属す東軍側に手を挙げた。

中央に戻って礼をすると、吾久郎は、

「いいところまでいったんだがなあ。姫松、どうだ、追い込んだだろう」

と悔しがった。

「はい。吾久郎さまは緩急自在、多彩な打ち込みを会得なさいましたなあ。どこでこのような工夫を？」

「年末にいろいろと剣客が来たじゃないか。じっくりと見せてもらった。おれだって学んでおるぞ」

「なるほど。他流を取り入れて、工夫を重ねていらっしゃるのでござるな」

「次は姫松を投げ飛ばしてやる」

「さて。拙者も精進いたしますので」

全員が戦い終わった。この後は、しきたりの昆布茶をいただくことになる。いずみは用意しに立とうとした。

「師範代、模範をお示しください」

少年たちから声が掛かった。細井川信蔵は、

「では、当流の型を」

と腰を浮かした。

「模範の対戦が見たい」

誰かが言った。うなずく空気が満ちた。信蔵は、泰治郎と吾久郎を見た。二人とも肩で息をし

ている。

「しかし皆、一戦を終えて疲れておる。拙者ともう一戦するのは公平ではなかろう」

「いずみさんが」

小さな声があがる。

「そうだ。いずみさんは強いからなあ」

無邪気な声が続く。期待のまなざしがいずみに集まった。

「でも、わたしは……」

少年たちのまなざしが重かった。きらきらしている。子供たちには、留守番などというあいまいな見方はなくて、上座に座っているのは、道場主なのだ。自分が逃げれば、このまっすぐなまなざしが失せてしまう。

「いずみどのは恵美須先生の代理。別格なのだ」

信蔵が言った。少年たちは、ええ？　別格？　そうなの？　という目でいずみを見る。どういうこと？　戦わないの？　納得していない。まっすぐなまなざしが疑問で濁り、きらきらした明るさを失くしていきそうだった。

「やりましょう」

いずみは立ち上がった。おおっ、と少年たちの顔が輝いた。

袋竹刀を取り、稽古場の真ん中へ進み出た。信蔵は、苦い顔になったが、表情をひきしめて、袋竹刀を握った。

いずみと信蔵は正眼にかまえて対峙した。

信蔵の瞳が鋭く厳しくなる。隙のない空気が全身から発している。取り巻く門弟たちもしいんと静まり、場の空気が張りつめた。

いずみは信蔵の瞳を見た。どう出ようとしているのか読めない。いつもなら自分の剣技は、受けの剣だ。相手の攻めを受けてから返すのだが。受けたところで、どのみち信蔵のほうが強いのだ。こちらから打って出よう。正面から飛び込んで、まっすぐに敗れるのがいい。ひるまない、逃げない。子供たちにはそれを見てほしい。そう思った。

「えいっ」

飛び込んで面を打った。が、竹刀で受け止められ、横へ逃げられた。

自分の脇に隙ができた。そこに打ち込まれると思い、すり足で離れた。

信蔵が打ち込んできた。面、と見せかけて、胴だ。

びゅっ。うなって迫る竹刀を、がっ、と弾いた。信蔵なら続いて打ち返してくるはずだ、二の太刀で斬り上げてくる。防ごうとすると、信蔵は、さっと後ろへ退き、間合いを取った。胴に隙がある。

いずみは、左脇にかまえ、右へ一文字に払った。腰を下げ、左手を離し、右腕をのばして振った。信蔵が竹刀を振り下ろせば頭頂を砕かれる姿勢だった。

「やあっ」

ガンッ、信蔵の胴着をいずみの竹刀が音を立てて打った。

信蔵は、まっすぐに立つと、

「まいりました」

一礼した。無表情に徹している。いずみも頭を下げた。

「ありがとうございました」

周りはしいんとしている。

「すごい」

誰かがつぶやいた。

「やあ、お見事だ、いずみどの」

と吾久郎が拍手した。皆は、われに返ったふうに拍手をした。

「いやあ、まさに模範試合でござった。学べたなあ。これでおれの工夫がさらに増すというものだ。いやあ。なんだか腹が減った。わっ、腹が鳴っておる。ここらで昆布茶といきますか。できれば、餅など焼いて」

笑いが起こり、場がなごんだ。

門弟たちが帰ってしまうと、信蔵は稽古場を見てまわり、自分も帰り支度をした。いずみはそばに行って、頭を下げた。

「今日はすみませんでした」

信蔵は、は？　とこちらを見た。

「細井川さんがせっかく取りなしてくれているのに、対戦すると応じてしまって」

「そのことですか。それはもう、そうしたのだから、それでいいかと」

「あの子たちのまなざしを見ると。この輝きを失わせたくないと思って」

信蔵の表情が険しくなった。口を開くのをためらうふうだったが、

「子供の気に入るようにこちらが合わせることはありません」

と言った。

「でも、わたしたちが戦うのを見せたのは、子供たちも学ぶところがあったと思います」

「それは確かに。だが……」

「だが？　何です？」

「いずみさんが使ったのは、先日の松虫どのの剣法だ。子供たちは、拙者の示す神之木流ではなく、いずみさんが真似た天下我孫子流を学んだのです。あの流派は邪道だ。吾久郎どのの工夫とやらにも石津忠也の邪道の影が覆っている。もっとしっかりとおのれの技を信じて、他流に臨んでくだされ」

いずみは反発する色を浮かべた。

「父とまったく同じものをわたしに求めないでください。わたしには、どうしても消せないわたしというものがあるんです」

ふっと気がついて、

「細井川さんは神之木流を示したかった？　だから、わざと、わたしに負けたのですね」

「どういうことですか」

「わざと負けた、というか、勝てるのに勝たなかった。打ち込めるのにそうしなかった。わたしの脇に隙ができても見過ごしたり、二の太刀で斬り上げればいいのに後ろに退いたり、最後は胴をさらしたり。わたしに神之木流で打ち込ませようとして」

「それは違う。手加減などしなかった」

「いいえ。細井川さんは神之木流を誇示しようとして」

信蔵は言い返そうとしたが口を閉じた。感情を抑えて無表情をつくり、

「失礼します」

背中を向けて出ていった。いずみは唇を噛んでうつむいていた。

三

翌日に朝稽古がなかった。いずみは裏の畑で春菊を摘んだ。コタロウが畝のあいだをやってき

て、いずみの手もとをじっと見ていた。空は薄曇りで、白いものがチラチラと降ってくる。コタロウは、ぶるぶる、と震えて、どこかへ行ってしまった。手が、かじかんできた。指が赤くなっている。はあっと白い息を吐きかけ、曇天を見上げる。春菊を笊に乗せて、台所の勝手口へ歩いた。

「絹織りを始めようかな」

独り言をつぶやいた。

玄関先で人の気配がする。笊を持ったまま、そちらへまわっていった。

妙国尼が、蛇の目傘を持って、立っていた。いずみを見ると、

「たびたび失礼いたします」

と頭を下げた。

「今日は、ご当主ではなく、いずみさんに会いに来ました」

「わたしに会いに？　どうぞ、入ってください」

妙国尼は、道場が静かなのをうかがった。

「でも、朝の稽古はお休みですのね。それならいずみさんは家の仕事でかえってお忙しいでしょうから、わたくしはここで失礼します」

「外は寒いですから。ご遠慮なく」

玄関土間に招き入れたが、妙国尼は上がり框に腰を下ろした。いずみも並んで腰掛け、笊を式

台に置いた。

「わたしにどんなご用でしょうか?」

「実は、用というのでは……こんなことを言われるのがお嫌なら、止めておきますけれど。ここへうかがっていずみさんとお話ししたとき、いずみさんの心のようすが気になったのです」

「心のようす?」

「ええ。いずみさんは、お父さまのために、道場を守って、家を守って、気丈にがんばっていらっしゃる。でも、どこかで無理をなさっていて、気が張りつめているように見えました。留守番を続けるのが、本心では、つらいのではないか、と。何の関わりもないわたくしがこんなことを申し上げて、気に障ったらお許しいただきたいのですけれど」

瞳に慈悲深い光が宿っている。

「いいえ。うれしいです。わたしのことをそこまで見てくださる方がいて」

独りきりで、自分で自分を励まして日を過ごしている。誰にもわかってもらえないその気持ちに、妙国尼は寄り添ってくれる。

「父がいつ帰るか、わかりません。おおつごもりまでには戻ると思っていました。この先、いつになったら……父は本当に帰ってくるのか……」

「お独りでさびしいことでしょう。周りに助けてくれる方がいても、人と人のあいだにはどこかに隙間風が吹くもの。孤独の相を消し去ることはできませんから」

「妙国尼さまも？」

「わたくしも弟を亡くしたところです。これまでにも大切な人たちを亡くしました。いずみさんはお母さまを亡くしているのね？」

「はい。七歳のときに」

「母の大慈に包まれることなく生きるのは、なおさらさびしいものです。そう思うと、いずみさんにすぐにも会いたくなったのです」

「それでわざわざ来てくださったのですか」

妙国尼の言葉に胸がいっぱいになった。

「でも、わたしは留守番を投げ出すわけにはいきません……父はいつ帰ってくるのか……」

「もう帰ってこないのかもしれませんね」

妙国尼はぽつりと言い、

「ごめんなさい。お父さまが必ず帰ってくると信じて、留守番をするしかないのでしょう。きっと帰ってきます。そう信じましょう。けれど、いずみさんは疲れて、気持ちが煮詰まってきているようです。このままでは、おつらいでしょう？」

「どうすれば……」

「そんな気持ちを言葉に出して気をしずめてみてはどうですか？　わたくしがお聞きしますよ」

「本当ですか？」

「これも他生《たしょう》の縁というもの。わたくしでよければ」

「ありがとうございます」

「それに、道場ばかりで過ごさず、少し外へ出て、見えるものを変えてみては？　気分が変わりますから、少し楽になりますよ。近くで、かまわないわ。ほんの息抜きに」

ちょっと考える横顔になり、思いついたふうに言った。

「うちの寺においでなさいな。寺内町の小さな古寺ですけど、静かで、心が落ち着きますよ」

「粉浜寺でしたっけ」

「そう。丘を越えれば、すぐ。ご本尊は弥勒菩薩《みろくぼさつ》です。優しいお顔をなさっています」

妙国尼は土間を横切って玄関の障子戸を開けた。雪が降っている。

「ご用の手を止めてしまいましたね。失礼します。いずみさん、粉浜寺へ来てくださいね。いつでも。お話を聞かせてください」

蛇の目傘を開くと歩いていく。いずみは戸の外まで出て見送った。

優しいお顔の菩薩さま。

拝んでみたい。ゆかしく思った。

と同時に、何か心に引っ掛かることもある。妙国尼は何度も訪ねて来る。一人で留守番をする娘を心配して、声を掛けてくれる。でも、訪問の度合いが少し熱心過ぎるようにも感じる。慈悲深い人柄ゆえなのか。それとも……これまでに起きた他のことと、これはどこかでつながっているのか……。

雪降る小径を歩いていく後ろ姿に、じっと目を留めていた。


髪を島田に結い、袷の上に袖なし半纏を羽織った。

午後からの習練に一番先に来たのは細井川信蔵だった。いつもそうだった。袋竹刀を取って一人で黙々と素振りをしている。

稽古姿でないいずみが現れると、信蔵は、いずみのようすをうかがった。いずみに何かを言おうとしていたようだったが、着物姿のいずみを見ると、言葉を呑み込んだ。おそらく、昨日は言い過ぎたと謝るつもりだったのかもしれない。

いずみは昨日のことには触れず、

「今日は町へ行く用ができました。稽古のほうはお願いできますか」

と言った。信蔵はうなずいた。

「承知しました。お気をつけて」

お互いに謝りたいのに。上手く言葉を交わせないものだとさびしかった。

いずみは台所で春菊を乗せた笊を風呂敷に包んだ。外に出ると、灰色の雲は厚く、雪が降りつづいていた。地面に落ちる雪はすぐにとけて足もとがぬかるんでいく。傘をさして小径を歩きだした。

竹藪の丘を越えて、枯れ草に雪が積もってまだら模様になった田畑のあいだを下った。寺内町には十を超す寺院が百姓家や年貢地をまじえて集まっている。町内に入ると、樹木が多く、境内にも空き地にも、コナラやクヌギ、カエデの古木が枝を広げていた。

道の両側に土塀と山門が続く。奥まったところに、粉浜寺の扁額を掲げた古寺がひっそりとひかえていた。

山門をくぐると、カシとカエデが並び、ヒイラギ、シダなども茂って、うっそうとしたなかを石畳が伝っている。

本堂は屋根に雪を乗せて森閑としていた。人の気配がした。こちらをうかがう視線を感じた。本堂の脇の庫裡を見ると、その視線はすうっとひっこんだようだった。

来たのはよくなかったのかしら。このまま帰ろうか。迷いながら庫裡に近づいた。

木戸が開き、妙国尼が出てこようとしてこちらに気づいた。

「いずみさん、来てくださったのね」

と笑顔になった。いずみは、ほっとして、

「お言葉に甘えて、さっそく来てしまいました。あの、これをお供えに」

春菊を手渡した。妙国尼はそれを持っていずみを本堂に導いた。無人の堂内に入ると、内陣に進み、春菊の笊をお供えした。

「いずみさんも」

誘って合掌した。いずみもその脇に座った。

燈明の灯りに、弥勒菩薩坐像が浮かびあがっていた。細い指の先を頬に当て、目を半ば閉じて、考えにふけっている。鼻筋がとおり、口もとはきりりと締まって、世界のすべての事柄を知っているような賢そうな顔立ちなのに、何かを深く考え込んで、答えが出なくて悲しんでいる。その悲しみは、自分のためではなくこの世のたくさんの人のことを考えての悲しみで、だからしみじみと優しさがにじみ出ている。いずみの心には、そう映った。

思わず手を合わせて頭を垂れた。妙国尼は口のなかで念仏を唱えている。やがて、いずみを振り返り、

「菩薩さまは決していずみさんをお見捨てなさいません」

と言った。弥勒菩薩が話しかけてくるようだった。いずみが坐像を見上げるとその視線を追って妙国尼も顔を上げた。

「優しくて、美しいお姿でしょう?」

「はい」

二人で見上げていた。

余間の襖が開き、老僧が現れた。白髭をたくわえた小柄な僧だった。

「ご住職です」

妙国尼は、いずみと住職をそれぞれ紹介した。住職はかなりの高齢で、目がよく見えず、耳も遠いらしく、

「よう参られました」

とうなずいた。妙国尼といずみが退くと内陣に座って読経を始めた。

妙国尼はいずみを導いて庫裡の座敷に移り、渋茶を出した。

庫裡の内も静かで、他に人が住んでいないのかと思われた。斬られて死んだ住吉と鳥居はここに宿を借りていたのか。訊こうとしたが、妙国尼の心の傷に触れるようで、ためらわれた。

「いずみさんは、信州高郡藩がどんなところか関心がおありなのでしょう。この寺には、高郡藩にいたことのあるお方がいらっしゃいます。会ってお話をうかがってみてはいかがですか?」

妙国尼は湯呑みを手のひらで包んでそう勧めた。

「お坊さんですか?」

「武家の方です」

「高郡藩の藩士?」

「いえ。もともとは水戸のお方です。元服なさる頃に二年ほど、高郡藩にいらっしゃいました。十年ほど前のことです。いまは学者として諸藩をめぐり、藩校などで講義をなさっています。たいそう智恵の深いお方で。年末からここに滞在していらっしゃいます」

妙国尼が尊敬しているようすなので断るのは悪い気がした。

「学問をしておいでなら、勉学のお邪魔ではないでしょうか」

「そんなことはありませんよ。お心が広くて、優しい方ですから。遠慮は要りません」

「それでは、少しだけ」

妙国尼は湯呑みを置いて立ち、廊下を奥へと案内した。つきあたりの襖の前に立って、

「北畠《きたばたけ》先生、妙国尼でございます」

と声を掛けた。

「どうぞ」

襖を開くと、六畳ほどの畳の間だった。部屋の端に文机がある。丸い障子窓の下で書物を読んでいる男がいた。総髪を後ろに垂らし、羽織りと袴を着けている。背筋をのばした姿勢がすらりとしてきれいだった。

「お勉強中にお邪魔いたします」

「なに、かまいませんよ」

振り返った顔は、色が白く、目鼻立ちがととのっていて、雛人形の男雛みたいだった。三十年輩だろうか。瞳は澄んでいて、聡明そうな光が宿っている。

「座布団をどうぞ。さ、火鉢のそばに」

部屋の真ん中に置いた火鉢を挟んで、妙国尼といずみはその男と向かい合った。

「北畠保春《やすはる》先生です。こちらは、恵美須道場のいずみさんです、弟が生前お世話になった」

「話はうかがっています。弥勒菩薩を見に来られたのですね」

と笑いかけてくる。

「はい。優しいお顔で。心が落ち着きました」

「そうですね。身共も日に何度も拝ませてもらっています。奈良や京の弥勒菩薩よりも心が惹かれるおもざしです」

静かだが張りのある声だった。

「北畠先生はいろんな所を旅なさったのですか」

「ええ。恐山で青い湖を眺めたこともあれば、桜島で天高く昇る煙を見上げたこともあります。諸国をめぐって学問の研鑽を積んできましたが、新しい学問の流れに触れようと江戸に参りました」

面していると、豊かに水をたたえた静かな明るい湖面に臨んでいるようだった。

「先生はどんな学問をなさっているのですか?」

「この国の古い文章や歌を調べています。『万葉集』はご存知ですか」

「名前だけは。ずいぶん昔の本ですね」

「こんな歌が載っています。

夜《よ》を寒《さむ》み朝戸《あさと》を開き出《い》で見れば庭もはだらにみ雪降りたり
夜、寒かったので、朝、戸を開けてみると、庭にまだらに雪が降っているよ、という意味です」

「今朝の景色ですね」

「昔に詠まれた歌ですが、いまのわれわれの心情と変わらない。人の普遍の心が学べて、おもしろい学問です」

妙国尼が、

「いずみさんは信州に関心をお持ちなのですよ。先生は、高郡藩に滞在していたことがおありでしたね」

と話の水を向けた。

「はい。子供の頃に二年ほど居ただけですが。兄が学者で、藩の学校に招かれたのについていったのです」

遠くを見る目になる。

「高い山々の、深い森で、ブナ、カエデ、クスノキ、ヒノキ、マツ。ツツジにスイカズラ。緑の色が豊かだった。花はシャクヤクにヤマユリ、ヒメカンザシにヤマブキ。鳥獣は、カモシカ、キツネ、ルリビタキにアカゲラ。他所では見掛けないあざやかな羽の蝶が舞っている。捕まえようと追いかけたものでした。しかし山の蝶はすばしこく飛びまわる。追いかけるのは自分の身のこなしの習練になりましたよ」

少年の表情を浮かべた。兄が藩校に招かれたのなら城下町で暮らしたはずだが、藩での生活や藩政については話題にしなかった。北畠保春が居た十七年前は、ちょうどいずみの父が幕府隠密として働いた時期だ。藩校で教えていた保春の兄も騒動に巻き込まれたのかもしれない。それで城下町での思い出は口にしたくないのだろうか。

「いずみさんはなぜ信州に関心があるのですか？」

「あの、なんとなく、です。妙国尼さまのお話をうかがって、余計に興味が湧いて」

本当の理由を隠しているのが後ろめたかった。それでも、妙国尼が、

「先生のお話をうかがうと勉強になります。いずみさん、また一緒に勉強させていただきましょうね」

と言うのに、

「はい」

とうなずいていた。

四

次の日は普段どおりに稽古場に出た。冬空は晴れ、稽古場は底冷えして足が凍えた。信蔵とのやりとりが尾をひいて胸中にもやもやした思いはあるけれど、いつもと変わらない習練の光景だった。

片隅で、梁から垂らした細引きに面して、少年が袋竹刀で素振りをしていた。振るたびに空気が振動して紐は波形に揺れている。いずみが近づくと、少年は、

「これはどんな技の稽古ですか?」

とたずねた。

「何かひとつの技の習練ではないのよ。風を起こさずに空を割る。竹刀に籠めた力を外に逃がさないで打ち込める。腕力のない者にでも打てるようになるわ」

「ふうん。竹刀じゃなくて刀でも斬れるようになる?」

「そうね」

「いずみさんは、人を斬ったことはありますか?」

「えっ。ないに決まってるでしょ」

「そういえば、いずみさんが真剣を持っているのを見たことはないです」

「真剣で習練したことはないわ」

そばにいた別の少年が言った。

「いずみさんの木刀は真剣と同じ長さと重さなんだぜ。恵美須先生がいずみさんのためにつくった。そうなんでしょ?」

「ええ」

いずみの顔色が曇った。十二歳のとき、父がいずみのために手ずからつくった木刀だった。

三年前、人が斬られる場に行き遭い、武芸が嫌になったとき、この木刀にも怖れを抱いた。袋竹刀から木刀へ、さらに技が上がれば、木刀から真剣へ。真剣へ移る準備としてのこの木刀だった。だが湊が斬られるのを見て、心の壁にぶつかった。

この木刀で習練するのは、何のためなのか。

その先にあるものを拒んで、武術をやめた。

「竹刀で充分よ」

と言ってその場を離れた。

「だああっ」

姫松に弾き飛ばされて大小路吾久郎がいずみの足もとに転がってきた。

「ううむ。や、いずみどの、失礼」

ふらふらと起き上がって戻っていく。

いずみは粉浜寺の木々の多い静かな境内を思い出した。弥勒菩薩の優しいおもざし。北畠保春の内裏雛のような顔立ち。おだやかで張りのある声音。

「いずみさん、大丈夫ですか」

姫松が声を掛けた。

「え?」

稽古場の内にたたずんでいた。

「ごめんなさい」

そそくさと上座に戻った。

稽古の後で、玄関先の門松を取り外した。こういうときは吾久郎が少年たちを仕切って進めてくれる。松や竹、しめ縄などを分けて、聖天寺の境内の隅に運んだ。檀家の家々から集まったものと一緒に後日焼くのだ。

夜は、聖天寺の庫裡で、七草粥をよばれた。

この冬はこの頃になって雪があるので春の七草もなかなか見掛けない、とイネはこぼした。いずみは、いつもほどの元気はなく、和尚一家の雑談のなかにぽつんと座っていた。妙国尼のことも、粉浜寺へ行って北畠保春に会ったことも、なんとなく、言わずに終った。


次の日、八つどきを過ぎた時分（午後三時頃）だった。玄関で、

「ごめんください」

と女の声がした。妙国尼だった。いずみは急いで稽古場を出ていった。

玄関土間に妙国尼がたたずんでいた。

「近くまで来て、山門の前を通りかかりましたので。稽古中ですね。いずみさんの顔だけ見て、おいとまします」

風呂敷から竹の皮の包みを出した。

「昆布の佃煮を、少し」

いずみは申し訳なさそうに首を横に振った。

「いつもいただいてばかりでは」

「これは北畠先生のお土産です。昨日は日比谷におでかけになったとかで」

「先生が？　わざわざわたしに？」

いずみの表情が輝いた。妙国尼は、くすっと笑った。

「実は、先生もいらしているんですよ」

「え、ここに？」

妙国尼はうなずいた。

「このところ部屋に籠もっていたが、昨日外へ出て気持ちが晴れた。今日も歩きたいからお供をしよう、とおっしゃって」

「先生も来られているんですか。どうぞ、休憩していってください」

「よろしいですか。呼んでまいります。お寺の境内を見ていらっしゃるので」

妙国尼は包みを手渡して出ていった。いずみは、稽古着の襟を直し、後ろにひっつめて背中に流した髪を手でととのえ、前髪のほつれを指でかき上げた。

北畠保春が入ってきた。いずみを見て微笑んだ。

「お邪魔をしますよ。いずみさん、凛々しいお姿だ」

いずみは顔を赤らめて、二人を座敷に案内した。

渋茶を出して雑談をした。

保春は、恵美須道場の神之木流や、聖天寺についてたずねたが、いずみは自分の知識が偉い先生を満足させるものでないと恥じながら説明した。

「北畠先生は、昨日は日比谷でご学問なさったのですか?」

「綾野神明《あやのしんめい》先生に教えを受けました。綾野先生は当代一の軍学者で、古今の戦術、用兵に通じています」

「軍学者、ですか」

いずみが不思議そうな顔をすると、

「拙者は、国学と軍学を学んでおります。軍学などというと、この太平の世に無用の長物と笑われそうですが。それは国学も同じですかな」

「国学と軍学とは、通じているのですか?」

「いい問いだ。『万葉集』に、防人《さきもり》歌が載っています。防人はご存知ですか?」

「いいえ」

「筑前や肥前で海の警護にあたった兵で、故郷を遠く離れて赴任した百姓や漁師たちです。防人の詠んだ歌は、勇ましい歌ではなくて、故郷に残してきた妻子や父母を想うものが多い」

和歌を朗々と暗唱した。

「防人に立ちし朝けのかな門出《とで》に手離《たばな》れ惜しみ泣きし子らはも
　水鳥の立ちの急ぎに父母《ちちはは》に物言《ものは》ず来《け》にて今ぞ悔《くや》しき

出征するときに泣いて見送っていたわが子や、別れの言葉を交わさずに置いて来た父母を想う。人の悲しみです。いくさの戦術を考案する軍学は、こうした人の心を切り捨てて成り立つと考えがちですが、それは違う。たいせつな人と別れて血を流す防人たちの悲しみは、身共の兵法の根にあるものです」

「はあ……」

　わかりますかと訊かれたら、いいえよくわかりませんとこたえるしかない。いくさというものは悲しいものだ、ということだろうか。難しい理屈はわからないが、先生の学問にはあたたかい人の血が通っていると感じた。

「いずみさん」

　と襖の向こうから声が掛かった。姫松泰治郎だ。

「稽古が終わりますが。どうしますか?」

「ああ、もうそんな時刻。行きます」

　襖が、すっと開き、泰治郎が廊下からいずみをうかがった。妙国尼は言った。

「すっかりお邪魔してしまいました。わたくしたちも、そろそろ」

　泰治郎は、来客の顔をチラと見て、襖を閉めた。

五

門弟たちは帰り、いずみは袷に着替えて台所で夕餉の支度を始めた。

「ごめん」

勝手口の外で男の声がする。辺りをはばかる声だった。

木戸を開けると、同心の塚西源之進が立っていた。

「いずみさん、忙しいときに申し訳ない。またお訊きしたいことがあります」

いつに増して厳しい表情だった。

「どうぞ」

台所から座敷に通した。

「恵美須先生はまだ？」

「便りすらありません」

「そうですか」

腕組みをして黙った。

「あの、訊きたいことって？」

源之進はひと呼吸置いて、

「町の番屋に、書状が投げ込まれていまして。この筆跡に心当たりはありませんか？」

懐から一通の文を出して手渡した。いずみは開いて見た。男の手で、くせのある、それほど上手くはない文字だった。こんなことが書かれていた。

去る師走の五日の夜、所用の帰途、町外れの雑木林の前にさしかかると、林のなかで男たちの言い争う声がした。斬り合いになった気配で、道端に身をひそめてようすをうかがっていると、やがて、林から武士が飛び出して、町とは反対のほうへ逃げていった。月は細かったが顔が見えた。その人物は恵美須道場の恵美須蔵人だった。恵美須が去ると林のなかは静かになっていた。そのまま通り過ぎたが、侍殺しの下手人が未だに捕まっていないようなので当夜見たことをお伝えしておく。

いずみは息が詰まった。顔から血の気がひいていくのがわかる。胸が冷たくなり、鼓動が速くなった。顔を上げると、源之進の目がじっとこちらに注がれている。

「どうして、わたしに、これを？」

「これを書いた人物には、暗い夜でも恵美須先生がわかった。先生を知っている者です。つまり、先生もこれを書いた者を知っている。いずみさんも知っている人物かもしれないと考えまして」

いずみはあらためて文字を見た。書きなぐったような荒い筆跡だった。この道場の門弟の誰かなのだろうか。いずみは首をかしげて書状を返した。

「この筆跡には見覚えがありません」

「そうですか」

源之進はそれほど期待していなかったのか、あっさりと受け取った。いずみは訊いた。

「林から人が出ていったのは、町の商人が見たと言ってましたね。その商人は、自分の他にも、見ていた人がいたと？」

「いや。あらためて訊いてみたところ、自分の他に道に人がいたとは気がつかなかった、と」

「この書状を投げ込んだ人を探すのは、ここに書かれているのが本当なのか、確かめたいということですか」

「そうです。ひと月も経ってからこんな文を投げ込むのは、書かれているわけとは別の何かのいきさつがあるのかもしれない」

「あの夜、父の刀身は汚れていませんでした。聖天寺の和尚さんからお聞きでしょう？」

「いずみさんも見たのでしたね」

「わたしも確かめました」

源之進は黙って書状に目を落としていたが、

「住吉と鳥居がここに来たのはそのときが初めてだったというが。以前に、先生が二人と会っていたということはござらぬか？　どこか他の場所で。もともと二人と知り合いだったとか？」

「いいえ。妙国尼さまも、そんな話は聞いていらっしゃらないのでしょう？」

「みょうこく？」

源之進は一瞬ぽかんとした。

「誰ですか？　みょうこくにん？」

「妙国尼さまです。住吉さまの姉君の。お奉行所ともやりとりをしているのでしょう？」

「妙国尼？　誰です？　この界隈に住吉の家族がいるなんて聞いたことがない。いずみさん、会ったんですか？」

「高郡藩の……弟の好物だと言って、凍み豆腐まで……」

「何ですか、凍み豆腐って？　高郡藩の名物がどうかしましたか。凍み豆腐の妙国尼？」

今度はいずみがぽかんとした。

「……え？　いえ、でもそんなことが……」

「どうしました？」

源之進の目が鋭くのぞきこんでくる。

やはり、そうか、熱心にわたしに近づいて来ると思っていたら、やはり……。

斬殺された住吉の家族でもないのにあんなに堂々と偽って近づいて来るのは、いったいどういうつもりなのか……。頭のなかが混乱して、どうにもまとまらない。

「わたしの、勘違いかしら……確かめてからお伝えします」

「はあ。高郡藩にも問い合わせましたが、住吉に姉はいなかったはずでござる」

「とにかく、父が戻れば、いきさつを話して、疑いを晴らすでしょう。書状は、誰かのいたずらです」

「わかりました。今日のところは。お邪魔しました」

源之進は、何か腑に落ちないという表情で、書状を懐に納めた。


夕餉のおかずにはアジの干物を炙って食べた。

台所で片付けを終えると、勝手口から頭と尾を持って出て、

「コタロウ」

と呼んだ。宵の暗がりから出てきたコタロウは夢中でアジの頭をガリガリかじった。

「寒いのに。うちへ入れば?」

コタロウは、家のなかで丸くなって寝るよりも外で獲物を狩るのがおれの性分だと言わんばかりに、フウ、と鼻息を荒げ、尾をバリバリと噛んだ。

「父上はいつ帰ってくるんだろうか」

コタロウの背中を撫でてつぶやいた。コタロウは尾を呑み込んで、口のまわりを舐めている。

「わたしに、また稽古を始めろと言ったのは、自分に代わって道場を守れということだった」

コタロウは後ろ脚で自分の首を掻いた。コタロウの喉を撫でると、ごろごろと鳴らして目を細める。

「留守番するって……どうすればいいの?」

天には上弦を過ぎた月が上がって、前栽を照らしている。

センリョウの赤い実が鈴なりに生って前栽の隅で映えている。

母の顔が浮かんだ。雪よりも白くて内側から光がにじみ出ているような肌、熱を帯びたように強い光を宿す瞳、優しい笑顔。

母上が亡くなったのも冬の夜だった。

「母上はわたしと留守番していてさびしくなかった?」

センリョウの実にたずねた。

帰ってきますよ。父上は、いずみもこの道場もたいせつに思っていますから。いずみは、わたしたちの愛娘……。

母の声が耳底によみがえる。

まぶたに、母によく似たおもざしの妙国尼が現れた。

「何者なの?　どうすればいいの?」

妙国尼は、初めて話したとき、カブと風呂敷のことに話題を向けてきた。奉行所で聞いたのでなければ、どうやって知ったのだろう。どことつながっているのか?

体が冷えてきた。うちに入ろうとして立つと、コタロウが小径のほうに目を向けて、フウウ、と唸った。

男の影が歩いてくる。月明りに照らされて近づいてきた。今船屋だった。

「こんばんは」

建物を見上げた。

「見回りですか」

「そうです。そろそろ、ここをどうしようかと算段しながら」

視線をいずみに向け、

「この頃おかしな連中をひっぱりこんでるね」

と声を落として言った。

「ずっとうちを見張ってるんですか?」

「たまたま見掛けて。どういう人たちです?」

「……親切な方たちです。わたしの話をよく聞いてくださいます」

「なるほど。それはいいことだ。まあしかし、お悩みを聞きましょうなんて親切ごかしに近づいてくるやつには気をつけたほうがいい。敵か味方かわからない。せちがらい世のなかだからねえ」

いずみは宵闇を見まわして、今船屋に目を向けた。

「今船屋さんは、借金の取り立てに来ているんですよね」

「そうだよ」

「何も欲しがらずにここへ来る人って、本当に何も求めていないのかしら」

「え？　おかしな言い方だ。禅問答かね。何が目当てなのか、じかに訊いてみたらどうだい。本当に良い人かもしれんよ」

「良い人は嘘をついてまで近づいて来ないわ」

「いずみさんを信用させて、心をあやつろうというのかねえ？　借金取りよりも怖いね」

「わたしはどうすればいいの？」

「絶交して追い返しますか」

いずみはコタロウの背中を撫でながら、

「……あの人たちが父のお勤めの件とつながっているのなら……留守番が小娘一人だから近づいてくるのなら……何が目当てか、どことつながっているのかを、わたしは逆に探ってみせる。追い返してはいけない、でしょう？」

「さてね。どう斬り返すのか、神之木流兵法のお手並み拝見」

今船屋はコタロウに目を落とし、

「コタロウも夜の見回りか」

手を伸ばして、シャアッ、と威嚇され、

「いい用心棒だ」

とひき返して行く。

「くれぐれも、火の用心ですよ」

六

翌日は、稽古を細井川信蔵に任せて、寺内町の粉浜寺を訪ねた。

妙国尼は、いずみを北畠保春の部屋に通して、保春と二人でいずみの話を聞いた。

父の留守番で道場を守ることに疲れた、どうすればいいのかわからなくなってきた、と語ると、

「無理を重ねてこられましたね」

妙国尼はしみじみとした口調で言った。

「いずみさんは、一所懸命に努めてきました。一人で、気を張り詰めてやってこられた。もう充分ではないですか。このままいまの生活を続ければ身も心も潰れてしまいます」

「どうすればよろしいのでしょうか?」

「休むことです。きちんと休んで重荷を降ろせばよいのです」

「休むとは?」

「稽古をすべてお休みにするのですよ」

「それは、父の留守番をしているとはいえません……」

「いずみさんは、お父さまの言いつけを守らなければならないという考えに縛られています。その思い込みから一度離れたほうがよろしいのです」

いずみは保春を見た。保春の目にも優しい色がある。

「身共も妙国尼と同じ意見です。いずみさんはいま、体より気持ちのほうが弱っているとお見受けします。気持ちをすり減らすことから離れなければ、体まで、まいってしまう」

「わたしはそれでいいのでしょうが、門弟の人たちは熱心に習練を積んでいます。稽古場を閉めるわけにはいきません。師範代の細井川さんにわたしの席を譲って、わたしは稽古には出ずに」

「そんな半端なことではいけません」

妙国尼が言葉をさえぎった。

「稽古場に入らなくても、習練の声が聞こえてきます。それだけで疲れてしまうのです。それに、稽古の他でも門弟とのつきあいは続きます。何かの指示をあおぎに来れば応じないわけにはいかないでしょう。気持ちが休まりません。この際、道場を閉めて稽古のすべてをきっぱりと休まなければ」

保春が言った。

「道場をずっと閉めてしまうことはありませんよ。しばらくのあいだでいい。お父さまが帰れば再開するということで。お帰りがまだ先になるようなら、たとえば、半月とかひと月とか期限を切って閉めるのです。そのあいだいずみさんはよく休んで、元気になってからまたやればいいでしょう」

「門弟の人たちに何と言えば……」

「それはやはり、お父さまの帰りが延びたので、と言うしかありません」

いずみは目を伏せた。妙国尼と保春が求めるのは、稽古を休んで道場を閉めることだ。道場を閉めて、門弟たちを遠ざけて、いったい何をしたいのだ？

見当がつかず、膝の上で指と指を組み合わせた。妙国尼は言った。

「道場を一時閉めても、それでいずみさんが健やかでいられれば、留守番は成し遂げられたといえますよ。お父さまも、自分が留守のあいだにいずみさんのお体に何かあったら、そのほうがつらいのではありませんか」

「……ええ、そうですね。では、帰って、門弟の人たちに話します」

妙国尼は、いずみがためらっていると危ぶんだのか、

「わたくしもついていきますわ」

と言った。

「身共も参ろう。表立って出ていく立場ではないので、お許しいただけるなら、いずみさんの後見として、下がって見守っていますよ」

そう言って保春はうなずいた。

その日の稽古が済むと、門弟たちは稽古場の板床に並んで正座した。

上座に、いずみが対座した。髪を島田に結って袷を着た姿に、門弟たちは、いったいどうした

んだろうという表情を浮かべた。いずみは皆を見渡した。

「お話ししたいことがあります」

「お待ちくだされ」

姫松泰治郎の声にさえぎられた。泰治郎は、体をひねって、稽古場の片隅に座っている妙国尼と北畠保春を睨んだ。

「話の前に、あの方々には退席していただきたいのです。気づかぬうちにあそこに座っておられるが。かかわりのない者が見物しているのは解せません」

「あの方たちはかかわりがないわけではありません」

「しかしわれわれはまだ名前もうかがっていない」

「あちらは、妙国尼さまと国学者の北畠保春先生。わたしがお世話になっている方々です。姫松さん、よろしいですか」

「いえ、よくはありません」

泰治郎は強情に首を横に振る。

「いずみさんが話すのは、この道場に関することですね。われわれについての話なのに、あの方たちがいるのは納得できません」

「そうだな」

と大小路吾久郎がうなずく。

「おれたちは武芸を究めようと精進しておる。その神聖なる道場に、門外漢が上がり込んで、何の話を聞こうというのだ。尼僧と学者ですと？　学者など文弱の極みではないか」

吐き捨てるようにそう言った。

北畠保春は、

「いや、仰せのとおりだ。妙国尼、席を外しましょう。いずみさんは一人で話せますよ」

と腰を上げかけた。妙国尼は眉をしかめた。

「北畠先生、文弱と言われて引き下がっては、この後のいずみさんの話も軽く受け止められてしまいます。少し腕前をお見せになったほうがよくはないですか？」

「それではかえって反発を招く」

「おいおい」

と吾久郎が声を荒げた。

「なにやら、自分のほうが強いという思い込みで話しておられるが。文弱なうえに妄想がひどい。ここはひとつ、その腕前とやらをお見せになって、われわれの文句が出なくなったら、堂々とそこに座っておられるがよかろう」

北畠保春は、門弟たちを見返して、

「そうですか。では、お手合わせ願いましょうか」

落ち着いたようすで立ち上がった。吾久郎は、

「姫松、やってやれ」

と稽古場の縁に退いた。

「え？」

他の門弟たちも退いた。

保春は、袋竹刀を取って、ひと振りした。

「軽いな。頼りないものだ」

とつぶやく。泰治郎は、むっとして、

「木刀が良いなら木刀でやりましょう。竹刀は手に合わないから負けたなどと言いわけされてもつまらない」

「では、木刀で」

保春はどちらでもかまわないふうで、木刀に替えた。鉄鉢、胴着、籠手を着けた。

木刀を正眼にかまえて対峙した。

「おりゃっ」

泰治郎は声で威嚇する。保春は内裏雛みたいな端正な顔に、静かな緊張の色を浮かべているが、落ち着いている。

「やあっ」

泰治郎が振り下ろした。保春はガッと木刀で受け止めた。

「やあっ」

もう一撃。これもガッと受けた。

「やああっ」

力まかせに何度も振り下ろしながら、前に出て、保春を押し込んでいく。保春は木刀で防ぎつつも稽古場の端へ追い詰められていく。泰治郎の勢いと腕力に、保春の受ける腕が下がってきた。

「やっ」

決めの一撃が出た。そこに保春はいなかった。保春の体は風にあおられた薄紙のようにふわりと横に飛んでいた。伸びきった泰治郎の腕に、保春の木刀が振り下ろされた。右手の甲を籠手の上から打った。

「あっ」

泰治郎は痛みに顔をしかめた。泰治郎の木刀が板床を転がった。手の甲を押さえて膝をついた泰治郎の首筋に、保春の木刀の先がぴたりと止まった。これが真剣なら首を打ち落としているぞというかたちだった。

稽古場がしいんと静まり返った。保春は中央に戻り、姿勢を正して一礼した。

「いやあ、なかなかの腕前でござるな」

と吾久郎がつぶやいた。他に誰も何も言わないので、

「いまの技は、そうだ、蝶の舞い、と名付けてはいかがかな。うむ、蝶が舞うようだな、まるで

……」

だんだん声が小さくなり、黙った。

細井川信蔵が何かつぶやいた。いずみにはよく聞き取れなかったが、

「邪剣」

と言ったように聞こえた。

保春は門弟たちを見まわした。

「拙者らをまだお認めいただけぬようだな。ならば、もう一番、手合わせ願いましょうか」

視線が信蔵に止まった。

「師範代、お願いできますか。拙者が勝てば、いずみさんを案じて後見する者として、この場に居ることを認めていただきたい」

「そなたが居るか居ないかはいずみさんが決めることだ。だが、お相手しましょう」

いずみが、

「師範代、それなら闘わなくても」

と止めたが、信蔵は木刀を取って進み出た。

門弟たちは、泰治郎のかたきを討ってくれという顔で、信蔵が保春に対峙するのを見守った。

「では」

「いざ」

互いに正眼にかまえた。

信蔵が、タッと前に出た。保春が、すっと退くのに、合わせてついていく。信蔵が面を打つと保春は木刀を上げて払った。保春がかまえなおそうと下ろした腕に、信蔵は素早く木刀を打ち込んだ。狙いすました裂ぱくの一撃だった。

「たあっ」

木刀が空を切った。保春の体はふわりと横に動いている。

「なにっ」

信蔵は斜めに切り上げた。ビュッと保春の鼻先をかすめた。信蔵は避けた保春に迫って横に薙ぎ払い、ひらりとかわした保春の胸を突こうとして腕を伸ばした。保春の木刀が信蔵の手首を打った。ゴツッと乾いた音が響いた。籠手の皮が薄くなっているところだった。手首の骨が折れるような音だった。

信蔵は顔をしかめ、中央に戻ると一礼した。

「参りました」

保春も一礼し、木刀を返すと、もと居た妙国尼の隣りに座った。息を切らしてもいない。

信蔵は黙って板床に正座した。門弟たちも縁を立つと、信蔵に並び座って上座のいずみに向き合った。信蔵は打たれた手首が痛むのか、蒼白な顔で唇を噛んでいる。

いずみは言った。

「明日から稽古をしばらく休みにしたいのです。年末に父が出立してから、ひと月になります。これほど帰りが遅くなるとは考えていませんでした。細井川さんや姫松さんに指導をお願いしたのも、少しのあいだだけというつもりでした。けれども、父の不在が長びいています。いったん道場を休みにして、父が帰り次第、始めたいと思います。皆さんにはご迷惑を掛けますが、よろしくお願いします」

手をついて頭を下げた。

「恵美須先生はいつお帰りになるのですか?」

少年がたずねた。

「まだわかりません。ですから、お休みは、半月と期限を切って、それでも父が帰っていなければ、稽古を始めることにしましょう」

ものを言う者はいなかった。信蔵は蒼ざめた顔に冷や汗をかいている。手首の骨が折れたのだろうか。ひょっとすると、北畠先生は道場を休みにしやすくするために師範代の手首を傷《いた》めたのではないか。いずみはそう思った。

泰治郎は、妙国尼と保春をチラと返り見て、いずみに、

「独りで稽古をしたいときはここを使わせていただけますか?」

と訊いた。いずみがこたえる前に、妙国尼が言った。

「いずみさんはそのあいだ静養します。稽古はどこぞ他所でなさいませ」

門弟たちは不服そうにいずみを見た。保春が言った。

「皆さんにはご不便を掛けますが、これも道場といずみさんのためだ。半月先には実りのある稽古が始められるように、それまで拙者もお手伝いしますので、皆さんもおのおので精進なさってくだされ」

温かい、励ます口調だった。泰治郎は眉をしかめた。吾久郎が、

「腕が鈍らねばよいが」

とつぶやいた。

皆が帰り支度を始めると、いずみは信蔵を井戸端につれて出て、水で手首を冷やし、添え木を当ててサラシを巻いた。

「折れていなければいいんだけど」

「申し訳ない」

信蔵は、いずみとの喧嘩がそのままになっているうえに、こんな負け方をして休みに入るので、自分をふがいなく思っているようすだった。

「父が道場を離れていることについて、姫松さんと話をしておいてほしいの」

いずみは声を落としてそう言った。

「は?」

「北畠先生や妙国尼さまが、道場を閉めさせて、何をしたいのか、わたしは留守番をしながら探

る。あの二人を道場に入れるわ。細井川さんは、姫松さんや安龍和尚と外から見ていて。そして、時機が来たら、道場と父を守って」

「どういうことでしょうか？」

「わたしにもまだわからない。わかったら、皆に伝える。だから」

妙国尼が玄関から顔をのぞかせた。いずみは信蔵に言った。

「養生してください。休みのあいだ、雑巾掛けには来なくていいから」

七

燈明の灯りに、弥勒菩薩坐像が浮かびあがっている。

目を半ば閉じて、何を考えていらっしゃるのだろう。

いずみは、絵筆をゆっくりと動かしながら、菩薩の顔を見上げた。

道場を閉めた初めの日、いずみは粉浜寺を訪ね、弥勒菩薩坐像を眺めて過ごした。妙国尼が、菩薩さまを描き写してはいかがですかと勧めた。心が一層落ち着きますよ、と言い、紙と絵筆と墨を運んできてくれた。いずみは、自分に絵心のないのが恥ずかしかったが、描いた画は持ち帰ることにして、描きはじめた。墨の線で描くだけだが、描くことで菩薩さまに近づき、悲しみと優しさがより深く見えてくるようだった。

妙国尼は庫裡のほうに下がっていたが、いずみが描き終わる頃に、北畠保春と一緒に本堂に入ってきた。保春はそばに立って、

「ほお、なかなかお上手だ」

と感心した。

「お恥ずかしいです」

「菩薩さまの画には、描いた人の姿が映し出されるものです。この菩薩は、聡明で、心の広い相をしている。まさにいずみさんのお人柄があらわれている」

保春と妙国尼は正座して菩薩像に手を合わせた。妙国尼はいずみに顔を向けた。

「ここは静かでしょう。退屈に思えるかしら」

「いえ。そんなことは。でも」

「でも？」

「道場を始めるまでの半月、何をすればいいかと考えると……」

「今日はまだお休みの初日ですよ」

妙国尼は笑った。

「急にすることがなくなって、それに慣れていなくて落ち着かないのでしょう？」

「ええ」

「何もしなくていいのです。何もしない自分を受け入れる。そんな自分をさえ忘れて無心になる。

しばらくは、そうなさいな」

　保春が訊いた。

「いずみさんは、何かしておきたいことがあるのですか?」

「わたしは……北畠先生に、剣術を習いたい」

「剣術を?」

　保春は妙国尼と目を見合わせた。いずみは、こくりとうなずいた。

「先生の剣術は、強いのはもちろんですが、奥深いものを感じました」

「奥深い?」

「太刀筋が読めなかったのです。言葉では上手く言えないのですが、奥が深いように。それで、もし、先生に少しでもお教えいただけるのなら、道場をふたたび始めたときに、わたしも門弟たちの役に立つのではないかと」

　稽古の留守番がつらいのではなかったのかと矛盾を指摘されるかと思ったが、保春は微笑んだ。

「なるほど。やはりいずみさんは聡明で心が広い。他流も取り込んで神之木流の武術の幅を広げていこうというのですね」

「駄目でしょうか」

「かまいません。やりましょう。時間の取れる折りに恵美須道場にうかがいます。だが、門弟の方々は、道場を閉めているのに身共が稽古場に入り込んだと不快に思わないかな」

「何か言われたらわたしが話します。いずれ稽古でその目的がわかることですから」

保春は妙国尼を見た。妙国尼はうなずいた。

「武道からは離れられないのですね。でも、ひとつのことに心が凝り固まらぬように、ほどほどになさいませ。あくまでも、いまは心身を休めるのが第一」

「はい」

いずみは手もとの画を見下ろした。この人たちは心底からわたしを案じてくれているのか。それとも、わたしを使って何かの謀《はか》りごとをひそかに進めているのか。もっと近づいて見極めなければ。保春を道場に招き入れることで、明らかになってくるにちがいない。

画の弥勒菩薩は、いずみの抜いた諸刃《もろは》の剣《つるぎ》を危うんで、顔色を曇らせているように見えた。


帰る道で雲が切れて青空が現れた。

聖天寺の山門をくぐると柔らかい日差しが冷え込んだ小径に降ってくる。

いずみが勝手口から台所に入ろうとすると、

「いずみちゃん」

とハナが呼んだ。柴垣を抜けてやってくる。竹の皮包みを手にしていた。

「町へ行って、あんころ餅を買ってきたんだ。一緒に食べよう」

「ありがとう。わたしもいま帰ってきたところ」

台所で渋茶を淹れ、上がり框に並んで座った。

「いずみちゃんはどこへ行ってたの？」

「寺内町の粉浜寺。本尊の弥勒菩薩がすばらしいんだよ」

「菩薩？」

いずみの横顔を見ている。仏像ならうちにもあるのに、と問いたそうだった。いずみはあんころ餅を頬張った。

「美味しいっ」

「あたしは、絹織りの絹糸を貰いにいってきたの。なんとか一反を織れるようになってきた」

「そう。よかったね」

「いずみちゃんもそろそろ始める？」

「ううん。いまはちょっと。まだかな」

ハナは耳を澄ませた。

「道場をお休みにしたんだって？」

「え、うん。半月のあいだ。姫松さん、また和尚さんと囲碁を打ちに来たのね」

ハナは手にしたあんころ餅を見下ろし、

「この頃よく人が訪ねてくるんだって？」

と訊いた。

「今船屋のことね」

「他にも来てるんでしょ。尼さんだとか」

「ああ、妙国尼さま」

「誰?」

「雑木林で斬られた武芸者がいたでしょ。あの方のお姉さまだと言ってうちに訪ねて来て、知り合ったの。それと、妙国尼さまと同じ粉浜寺に、学者の先生が居てね。その方にも、話を聞いていただいたり」

「学者って、何の学者?」

「国学と軍学。剣術にも秀《ひい》でていらっしゃるし」

「へええ」

ハナはあんころ餅をかじった。いずみはハナのようすが気に掛かった。いずみとのあいだにどこか隔たりのある雰囲気だった。ハナは何か言いたいのだろうか。道場を閉めたのに絹織りに興味を示さないことで、機嫌を損ねたのか。他所の寺の仏像に夢中になっているのが聖天寺の娘として気に入らないのか。

ハナはぱくぱくと食べきって、

「こんなに静かだとさびしいね」

とつぶやき、渋茶をすする。

「晩ごはん、うちに来て食べる?」

「ううん、昆布の佃煮が残ってるから。傷む前に食べてしまうわ」

「そう。お茶、ごちそうさま」

ハナはあっさりと立って勝手口から出ていこうとした。

「ハナちゃん」

「何?」

「妙国尼さまは、信州高郡藩から来たの。学者は、北畠保春とおっしゃるの。十七年前に同じ高郡藩にいたって」

「そう」

それで?　とこちらを見ている。

「和尚さんにも知らせておいて。そしたら姫松さんにも伝わるでしょ」

安龍と姫松泰治郎も二人を調べてくれるだろう。

「いいわよ」

にいっと笑って出ていった。

八

翌日の午後、妙国尼と北畠保春が訪ねてきた。

「稽古をしましょう。身共もすっかり文弱になってしまって、お教えするなどと偉そうな口はきけませんが」

保春が誘うので、いずみは稽古着に着替えて島田髷を解いた。

稽古場では、片隅に妙国尼が座って稽古を見守った。いずみが袋竹刀を取ると、保春は、

「木刀でやりましょう。竹刀は玩具みたいで馴染まない」

と木刀に替えさせた。

木刀を握って対峙した。男雛のようにととのった顔には剝き出しの闘志はない。静かで、それでいて隙のないかまえだった。澄んだ瞳を見ていると意識が引き込まれそうになる。

いずみは籠手を打ちに出た。

木刀の先で払われる。

気をひきしめて渾身のひと打ちで面を取りにいった。

「えいっ」

保春の体はふわりと横に流れていた。いずみは、ためらわずに攻めつづけたが、木刀で弾かれ、飛び込んでの一撃は、ひらりとかわされて空を切った。喉もとをめがけて突き出した木刀に、保春の木刀が絡まるようにまとわりついて、ガッと床に押さえ込まれた。

木刀が木刀に押さえられて動けない。いずみは、木刀を捨てて徒手で攻めようと考えたが、保

春の目を見ると、考えは読まれている。徒手で飛び込めば木刀で突かれてしまう。保春の目には突くことをためらわない冷厳な光がある。

「参りました」

木刀を床に置いて、一礼した。保春はそれを拾いあげていずみに返した。

「いずみさんは流れるような攻めかたをする。他の門弟の方よりも数段優れておられる。幼い頃からずいぶん修行を積まれたのであろうが、それにも増して天賦の才をお持ちだ」

「わたしなどはまだまだ。先生は、打ち込んでも、そこにいないようです。幻を打つような。わたしが打ち込むとき、先生はどこを見て防いでいらっしゃるのですか？」

「ふふ、どこも見てはいないと言うのが正しいのかな」

保春は稽古場を見渡した。

「前にも申したが、身共は元服する頃、信州におりました。気持ちはまだまだ子供で、珍しい蝶を見掛けては山中を駆けまわっていました。木を避け、瀬を飛び越え、岩から岩へと飛び走り、周囲を見るのではなく、五感で感じ取る。そうしているうちに自然と会得した身のこなしなのです」

「それでは他の者には会得できませんね。ご流派は？」

「流派というほどのものは」

言いよどみ、

「自然秘蝶流《しぜんひちょうりゅう》、としておこうか。門弟のどなたかが蝶だと言うておった」

と笑った。

「蝶の動きを読むにはどうすればいいのでしょう？」

「身共が山で学んだのは、蝶の動きは読めないということだ。蝶は、自分が次にどう動くかを頭で考えているのではござらぬ。水や煙のごとく、おのれに及ぶ動きに応じて自然に動くだけのこと。信州で身共自身がその蝶になったのです」

「では、無心の動きにどのように対すれば？」

「そうだな……」

考え込んで、

「身共の動きを目で覚えて、頭ではなく、体で対処できれば」

「先生の剣技を体で覚えれば……」

「だが、一朝一夕でできるものかな。とりあえず、もうひと勝負やってみようか」

いずみは保春ともう二番闘った。一度は腕を押さえ込まれ、一度は肩を打たれて、負けた。いずみは一度も保春に触れることさえできなかった。ひらりひらりとかわして逃げる蝶をつかみ取ろうとむやみに腕を振り回しているのと同じだった。

妙国尼は冷たい板床に正座して見守っていた。稽古は半刻ほどだった。それが済むといずみは渋茶を淹れ、座敷で三人でくつろいだ。

「明日は用事があるので来られませんが、明後日またお邪魔します」

と保春は言った。

「お忙しいのに。そんなにまでしていただいては」

「身共もいつまで粉浜寺に居るかはわからないので。いまのうちにお教えできることがあれば」

妙国尼と顔を見合わせてそう言った。

保春と妙国尼が帰った後で、いずみは、今日は鏡開きの日だった、と気づいた。

稽古場の神棚に供えた御鏡餅を割って門弟たちと焼いて食べる日だ。例年なら、いずみが木槌で叩いて割り、境内にかためて置いた門松の松をもらってきてそれで餅を焼き、皆で食べるのだった。少年たちが楽しみにしている慣わしだ。

いずみは御鏡を台所に運び、木槌で打った。大きな餅に、割れ目が走る。もう一度叩こうと振り上げた腕が止まった。

この一件が無事に片付いたら、あらためて皆といただこう。

木槌を下ろし、麻袋に御鏡を入れて、水屋の下にしまった。

翌日、いずみは一人で稽古場に立ち、木刀を振った。

保春との手合わせを脳裡で繰り返しながら自分の動きを再現した。

保春の幻はまさに蝶が舞うみたいにひらり、ふわりといずみの木刀を避けていく。いずみは、その避けかたに、どこかで見た形だという気がした。どこで見たとはっきり思い出すほどでもなく、もやもやと気になった。それでも、保春の読めない太刀筋を心のなかで追いかけるのに夢中になる。一人で木刀を振り、ひねもす保春の幻と闘いつづけた。


その翌日、八つ時過ぎ（午後三時頃）に保春と妙国尼がやって来た。

妙国尼は大根と竹の皮に包んだ味噌を持っていた。

「わたくしは台所をお借りしていずみさんの夕餉の菜をつくりましょう」

いずみが遠慮しても、

「稽古のあいだ、することがありませんので」

と台所の土間に降りていった。

保春とは木刀で二番手合わせをした。いずみは、二の腕を打たれ、脇腹を打たれて、二番とも負けたが、打ち振る木刀が保春をかすりかけたことが何度かあった。

「いずみさんはもう身共に追いついてきている」

保春は驚いた顔で言った。

「二匹の蝶がお互いにもつれ合って舞うようだ。たった一日でここまで。やはり天性のものをお持ちだ」

いずみが提げる木刀を見下ろした。

「真剣で稽古をしたことは？」

「いいえ。真剣は持ったこともありません」

「お父さまの考えでですか？」

「わたしの考えです。真剣は人を斬る道具ですが、わたしは生涯それを持つような場に立つことはありませんから」

保春の眉根が動いた。

「殊勝な考えだが。その木刀は、いずみさんのですか？」

「はい。父が手づくりで、わたしに」

「拝見します」

いずみが木刀を渡すと、保春はその重さを手で量り、握りや尻の部分をためつすがめつした。

「長さも、反りの具合も、真剣を模している。重さも。中をくりぬいて鉄棒の芯を入れてあるのだな。お父さまはいずみさんには何と？」

「何も言いませんでした」

「お父さまは、真剣で習練させる前に、いずみさんにこれを持たせた。真剣を持ったときにはすぐに手に馴染んで扱えるように、と考えていたのでござろう」

いずみは返された木刀を見た。

「木刀はいいのです。稽古で人を殺める心配がありませんから。わたしは武術を学びますが、どんなことがあっても、人を斬ろうとは思いません」

保春の表情に翳がさした。

「どんなことがあっても……」

暗い瞳を遠くに向けた。

「身共の兄も同じことを言うておった」

「学者のお兄さまが？」

保春はうなずいた。

「兄は身共とは十歳離れていた。郷里では秀才の誉れ高く、国学を担う逸材と期待されていました。二十三歳で信州高郡藩に招かれ、元服前だった身共をつれて参りました。藩校で啓蒙していたが、お家騒動に巻き込まれ、お家転覆を謀る一派の仲間と見なされてしまった。兄は文武両道に優れた人だった。解決の策は説得するに理あり、どのようなことがあっても剣の力を用いるには及ばず、と言っていた。対立する一派を斬ってご城下から脱け出すこともできたのだが。相手の説得に努め、けっきょく詰め腹を切らされた。二十五歳で」

保春は、稽古場の端へ行き、掛けてあった自分の刀を取ってきた。

「抜いてごらんなさい」

いずみの木刀を預かり、刀を差し出した。いずみはためらった。

さあ、とうながす目で見つめてくる。瞳に、強く導く光がある。

「人を斬るわけではござらん」

いずみは左手で鞘を握った。右手で柄を握り、そろそろと刀身を抜いた。刀身は鈍くくすんだ光をにじませていて、年季の入った作のようだった。

保春は、稽古場の隅に梁から垂れ下がっている細引きを指さした。

「あれを斬れますか」

いずみは鞘を預け、細引きの前へ歩いた。

紐に向かうと、八相にかまえ、斜めに振り下ろした。

ひっ掛かる手ごたえがあった。紐は生きものみたいに、びくっと跳ね上がり、波打った。紐の先が蛇のように左手首に巻きついた。紐は切れていた。力で無理に押し切った感触が残った。保春が言った。

「木刀とは違うでしょう？　力がひとところに集まらず分け散っている。紐が振れずに斬れるようになれば、いま木刀を使っているのと同じに自在に真剣を使えますよ。お宅に刀はありますか？」

「父のものが」

「それで習練なさい。木刀で打つのと真剣で斬るのとはまったく異なる。真剣を持てばこれまでと違った目で相手に迫れる。たとえ人は斬らずとも、木刀での剣技を磨くことにつながりますから」

いずみは、たとえ人は斬らずともという言葉を胸中で繰り返した。

保春は暗に逆のことを言っているのだ。袋竹刀でも木刀でも、習練を積めば、次に真剣での鍛錬につながる。すべて人を斬る道に通じる。木刀で留まるな。武道を歩むのなら真剣で人を斬る覚悟を持て、と保春は暗に迫っているのだ。

三年前に、いずみが武道から離れた地点だ。稽古場に戻っても、その地点に心は縛られている。いずみは断ち切られて短くなった細引きがゆらゆらと揺れるのを見つめていた。

稽古が済むと、味噌を焼く香ばしい香りが台所から流れてくるのに気がついた。

いずみが台所をのぞきに行くと、妙国尼は、だいこんの味噌焼きをつくり、ご飯を炊いておむすびを握っているところだった。

「稽古が終わったのですね。いずみさん、お腹がすいたでしょう。おむすびを握ったら、わたくしたちは、おいとましますから。あとはゆっくり休んでください」

「一緒に食べていってください。わたしだけではそんなにいただけません」

「食べられますよ。お腹が減っていて、若いのですから、これだけあっても足りるかどうか」

と笑う。

「一人で食べるのはさびしいから」

それは本心だった。妙国尼は真顔になり、

「そう。それでは、せっかくですから、三人で夕餉をいただきましょうか」

次のおむすびを握りはじめた。

九

日が傾き、障子戸の外が暗くなってきた。

いずみは座敷に行灯を灯して、妙国尼と保春と一緒に夕餉を取った。

保春は、京や奈良をめぐった折りの話をして、いずみをなごませた。妙国尼は言った。

「お一人でさびしいときは、いつでも参ります。いずみさんが粉浜寺に来てくださるのもうれしいわ」

「おうかがいできればいいんですが。ここをあまり空けてもいられないし」

「ではわたくしが参りましょう。いずみさんに親しくしてもらえてわたくしもうれしい」

「妙国尼さまは母に似ていますわ」

口からふと出てしまって、いずみはうつむいた。

「いずみさんは、お母さまを早くに亡くして、ずっとさびしかったのね」

「……わたし、いままで黙っていて、ずっと申し訳なく思っていたんです。さっき、北畠先生がお兄さまのことをおっしゃるのを聞いて、お二人に母のことをずっと黙っているのは悪いことだと……」

妙国尼は保春と顔を見合わせ、いずみを見た。

「わたしの母は、高郡藩の国家老、帝塚山三左衛門の娘です。お家騒動の頃にここへ逃げて来ました。わたしは、北畠先生のお兄さまを死に追いやった仇敵の孫。こんなによくしていただける道理はないんです」

本心だった。謀りごとの内へ自ら入っていこうというつもりもあるが、たとえ偽りだとしても二人に優しくされて心が動いている。気持ちが複雑に揺れて、いずみは泣きそうになった。

「よくおっしゃってくれました」

保春の声はあたたかかった。

「国家老の帝塚山どのといえば、騒動の責を取って切腹なさった方だ。徳の篤い人物だったと聞いています。いずみさんは過去の騒動とは何の関わりもない。自分を責めることはありませんよ」

「いずみさんは一人でつらい目に遭ったのです」

妙国尼が言った。

「お母さまを亡くされたときも一人だったのですね。まだいとけない子供だったのに。そしていまもまた一人取り残されている。でもわたくしたちがついていますよ」

いずみが思わずうなずいてしまうと、妙国尼は一段と優しい笑みを浮かべた。

「わたくしは今夜はここに泊まりましょう。いずみさんはゆっくりとお休みなさい」

保春も励ますようにうなずいている。

「身共も明日また参ります。これからどうすればよいか、一緒に考えましょう」

第四章　江戸城攻略

一

一月も半ばを過ぎて、昨夜は満月だった。

いずみは朝のうち、父の部屋から持ち出した真剣で稽古をした。居合い抜きで、垂らした細引きを下から一寸ずつ切っていく。保春がそばに立って助言したがなかなか上手くできなかった。

妙国尼が初めて泊まった日から六日経っていた。

妙国尼は粉浜寺から自分の手荷物を取ってきてそのまま道場に居ついた。保春も、女だけでは心配だ、拙者は近々江戸を離れるからそれまではここでやっかいになろう、と言って、書籍や書き物は粉浜寺に残し、打飼袋ひとつを持って移ってきた。

三人で暮らしはじめて五日になる。父がいなくなってから冷え冷えとして静まり返っていた家内だったが、いまでは、どこかで物音がして、人の気配がある。一人の留守番はやはりさびしかったのだとあらためて気づいた。

妙国尼は、北畠先生を兄と、わたくしを姉と思ってください、と言う。いずみは二人のようすをそっとうかがった。

稽古を休ませ、門弟を遠ざけさせて、二人で粉浜寺から移って来たのは、道場を乗っ取って自分たちのものにしたかったからなのか。

ここは聖天寺の寺内であり、表向きは二百両の借金のカタに入っている。ずっと住みつづけることもできないだろうに。

単なる乗っ取りではなくて、さらに謀りごとは先へと進むのかもしれない。

コタロウは姿を消した。見知らぬ人を避けて聖天寺でエサをもらって寝起きしているのだろう。

その日の昼、いずみが洗濯した物を庭で干していると、保春が出てきてそばに立った。

「大小路どのの下屋敷のようすを探ってきてほしい」

いきなりそう望んだ。

「え?　探る、とは?」

いずみは絞った肌着を持ったまま、きょとんとした。保春は真顔で言った。

「気掛かりなのだ。あの音」

遠くから、だだあん、と鉄砲の射撃音が届いて、昼間の冷気を微かに震わせている。

「散歩をしていて気づいたのだが、あの屋敷は塀が高く、中のようすがまったくうかがえない。何かを隠そうとしているみたいだ。旗本の下屋敷にしては敷地がやけに広いし。そのうえ、鉄砲を撃つ音がひんぱんにする。不審だ」

「幕府の御用で鉄砲の世話をなさっているのではないですか」

幕府隠密の元締めだとは言わなかった。

「いずみさんは下屋敷に入ったことはあるのか？」

「はい。父の用事で。一度」

「そうか」

思案する顔になり、

「それでは、もう一度行って来てはくれぬか。お父さまの消息が何かわかったかもしれんし。帰って来る目途がわかれば、身共も妙国尼もこの先どうするかを考えられる」

口調は柔らかいが行くことを命じる厳しい空気があった。

「それは、そうおっしゃるなら行ってまいりますが。中のようすを探るのですか？」

「うむ。敷地内の見取り図があればよいのだが。身共は軍学者だから、建物の並びを見ればいろいろとわかることもある。わかれば自分の気掛かりは杞憂だと安心できるかもしれん」

いずみには保春の考えがいまひとつわからなかった。

「気掛かりって……先生は、何が気掛かりなのです？」

「謀反だ」

声を低くしてぼそりと言った。

「むほん?」

保春は、シッと人差し指を立てて辺りを見まわした。いずみも思わず声を落とした。

「大小路さまが? 謀反なんて」

「兵を起こし、公方《くぼう》さまに弓を引こうとしているのかもしれぬ」

いずみは笑おうとしたが、保春の表情につられて自分も真顔になった。

この太平の御代に、という聖天寺の和尚の声が浮かぶ。公方さまへの謀反なんてありえない。学者とは見聞したものを頭のなかでつなぎあわせて浮世離れした画を思い描くものなのだろうか。けれども、保春は藩のお家騒動に巻き込まれて兄を亡くしている。その経験から、太平の御代をおびやかす陰の動きを敏感に察する目があるのかもしれない。それに、これは何かの謀りごとに結びついているとも考えられる。

「先生がそうおっしゃるのなら、見てまいります。見取り図を描けるほどは屋敷内を歩きまわれないと思いますが」

洗濯物を干し終えると、よそ行きの袷に着替え、島田を結いなおした。妙国尼が、手土産にと干し鰹を包んで持たせてくれた。

いずみは山門を出て坂道を下った。

昼下がりの冬の日差しを浴びて、枯れた畑と集落が眼下に広がっている。年末にこの道を大小路のお殿さまと歩いた。父と母のなれそめを聞かせてくれたものだった。

あの温厚なお殿さまが幕府に弓ひこうと企んでいるなんて。でも大小路家をかばいすぎると北畠先生はあやしむだろう。高郡藩のお家騒動では、幕府隠密の大小路家と、謀反を企てた一味と見なされた先生の兄上とは、対立する立場だった。父は、先生の兄上を死に追いやった直接の人物だ。保春と妙国尼に母と祖父のことは語ったものの、父については話していない。いずみの話で、兄のかたきだと察しはついているのだろうか。

下屋敷の門前に立った。

見張りの若侍たちは、いずみを覚えていて、頭を下げた。

「姫松さまはいらっしゃるでしょうか」

しばらく待つと、脇の小門から姫松泰治郎が慌てたようすで現れた。

「いずみさん、どうしましたか」

何か異変でも起きたかと勢い込んでたずねた。

「先日は父の衣服をありがとうございました。お礼の挨拶が遅れまして」

泰治郎は、いずみの手の風呂敷包みを見て、

「あ、なんだ。いや、わざわざ、ごていねいに」

ぎごちなく苦笑いを浮かべた。

「父の消息は、何かわかったでしょうか?」

「いや、それがまだ。まあ、とにかくお入りください、さ、こちらへ」

小門から招じ入れた。

勘番長屋の前を通り、石畳の道、表御殿へと歩いた。以前に来たときと同じように辺りに硝煙の臭いがする。いずみは庭木のあいだに目をやって敷地の奥に並ぶ白壁の蔵を確かめた。御殿の陰になって、蔵の数はわからない。

広い玄関から大廊下を通り、控えの間に入った。

泰治郎はいずみと向かい合って座ると、

「どうですか。よく休めていますか」

いずみのようすをうかがった。

「おかげさまで。わがままを申してすみません」

「稽古が始まれば、門弟がたの習練は信蔵どのと拙者で変わらずにみるつもりです」

「半月後には、またお願いするかと思います。父が帰ってくればいいのだけど」

襖が開いて、大小路刑部が入ってきた。

お殿さまが下屋敷に来ていらっしゃったのだ。いずみは驚いて頭を下げた。

泰治郎が出ていくと、刑部は上座に座った。

「稽古を休みにしたそうだな」

「はい。吾久郎さまや姫松さまにもご迷惑が掛からぬようにと」

「蔵人がおらぬようになってから、気を張って、疲れただろう。せっかくだから養生しなさい」

あたたかい言葉だった。このお方が謀反をくわだてているだなんて、とんでもない。そう感じた。と同時に、お殿さまとこんなふうに話せる機会はそんなにないだろう、高郡藩のお家騒動のてんまつを聞いておきたいという気持ちが動いた。

「あの、お訊きしてもよろしいでしょうか」

「何だな?」

「十七年前のことです。わたしが生まれる前、父が赴いた高郡藩で何があったか。詳しいことは父にじかに聞くのがよいとの仰せでしたが、父はいつ帰るか知れません。母の故郷で起きたことを知っておきたいのです」

ふむ、と刑部は考え込んだが、

「秘密は墓場まで持っていけるかな?」

と念を押し、話しはじめた。

「二十年ほど前のことだ。ある国学者が居った。尊王の考えに凝り固まりおってな。京で宮中に出入りし、公家どもと謀議して、徳川の世を揺さぶり、禁裏の力を強めようと企みおった。賛同する大名を集めようと、禁裏の威を借りてひそかにあちこちの大名たちに探りを入れていたのだ」

国学者と聞いて北畠保春の兄を思い浮かべた。

「その、国学者とは？」

「当時、すでに高齢で、もう亡くなっておるが」

刑部は続けた。

「信州高郡藩の次席家老で、宿院隼人《しゅくいんはやと》という者がいた。宿院はその国学者の説に傾倒していたが、おのれが高郡藩を乗っ取って江戸を攻め、あわよくば天下を狙おうと妄想を膨らませおった。宿院は、国学者の弟子で北畠元清《もときよ》という若い学者を藩に招き、勉強会を持って、おのれの派閥を固めていった。やがて藩主まで巻き込んで、藩内には不穏な空気が流れだした」

いずみは、北畠という名が出てきたので、はっとした。北畠保春の兄だ。その頃、二十代半ば。同道した保春は十代半ばだった。

「そこで、そなたの父が高郡藩に出向いた。武者修行の旅の武芸者を装って。幕府隠密は行商人や僧侶に化けたりもするが、蔵人はそういうのが苦手でな」

思い出したふうににやりと笑った。

「あやつはいつも武芸者一辺倒だ。高郡の城下にある道場に住み込んで、藩内の動きを探索した。そこは宿院隼人とその一味が出入りする道場だった。宿院は腕も立つ。名を知られた剣客だ。幕府隠密は他にも入り込んでいたが、ことごとく斬られた。宿院が斬ったのだ。探索が長びけば蔵人も危なかっただろう。だが、蔵人に力を貸す者が現れた。国家老の帝塚山三左衛門だ。蔵人と帝塚山の働きで、謀反を起こそうとした一味は一網打尽となった。帝塚山がすべての責を被って腹を切り、藩主はことなきを得、お家は安泰となって事はおさまった」

「捕えられた者たちは？」

「切腹した。扇動した若い国学者も含めて」

「帝塚山三左衛門は、自ら、その一味の黒幕となって？」

「有意のおこないであった」

「でも、本当の黒幕は次席家老の宿院隼人だったのでしょう？」

「宿院が真実を話すと藩主は幕府からおとがめを被る。お家はお取り潰しだ。藩は宿院を表に出せなかったのだ」

「宿院は首謀者なのに一味の一人として切腹しただけなのですね」

刑部は首を横に振った。

「宿院隼人は逃げた。いまだに消息がつかめぬ」

「捕まえなかったのですか」

「捕縛の囲みを破って逃げた。腕の立つ剣客だ。生きておれば、五十年輩になっておるか……」

いずみは畳を見つめて考えていたが、顔を上げ、

「十年前、母が亡くなったときも、父は隠密の勤めで、出ていたのですね」

と訊いた。

「うむ。宿院が、西国に現れたと知らせがあってな。蔵人はあとを追ったが、見つからなんだ」

「母は病気でした。その母を置いて、父は」

「他の隠密が行くと言うておったのだが。蔵人は、自分が行くと願い出た。宿院を取り逃がしたことでずっとおのれを責めていたのだ。おつうさんも、ぜひ行ってくださいと言った。蔵人はおつうさんの言葉に背中を押されて西へ向かったのだ」

いずみは畳に目を落とした。

「父は行くべきではなかったのかもしれません。母の死に目に間に合わなかった」

「おつうさんはそうは思っていなかっただろう」

言下に打ち消した。

「どうしてわかります?」

「そなたが居るからさ。おつうさんと蔵人を、愛娘がつないでいる。絶たれることのない強いきずなだ。おつうさんは安心していたにちがいないよ」

だだあん、と鉄砲の音が聞こえた。刑部は、

「では、行くよ」

と立ち上がった。

「ここでの話は内緒だよ」

入れ替わりに泰治郎が戻ってきた。泰治郎はいずみの横に座布団も敷かずに座り、

「妙国尼と北畠保春、ですか」

と声を低くした。いずみがハナに教えたことが安龍和尚に伝えられ、泰治郎まで伝わったのだ。

「師範代とも話をしています」

いずみはうなずいた。

「それもあるんですが、姫松さん、三年前に湊さんが斬られたことを……」

「湊でござるか。親友でした。それが?」

「湊さんを斬って逃げた男を、年明けの未明に、見たのです。まるで幻みたいだったけど。どうやら、夢を見たというのではなさそうで」

泰治郎は険しい表情になった。

「湊がなぜ斬られたのか、いまだに判然としないのですが。三年前のあの日、湊が、下屋敷や道場の周辺を探る不審な者がいる、と言って見回りに出ていたことはわかっておるのでござる」

「そうですか。それで、これからのことですが……姫松さんは凍み豆腐をご存知?」

「凍み豆腐?　知っていますが。どうして?　符丁か何かで?」

「ええ……」

いずみも声を低くして話しはじめた。

二

大小路の下屋敷から戻って、おおよその見取り図を描き、座敷で保春に渡した。夕暮れどきになっていた。

「御殿の裏の、蔵が建ち並ぶ辺りは、入っていけないので、どうなっているのか、はっきりわかりませんでした」

「いや、ありがたい。ふむ、そうか、おそらく、射撃場があって、鉄砲組の侍どもを鍛えておるのだろう」

保春は行灯を灯し、畳に見取り図を広げた。

公方さまへの謀反の企てという誤解を解くどころか、まるでいくさを始める軍略家みたいに目を輝かせて見入っている。

「お屋敷には不穏な気配は感じられませんでした」

「隠しておるのだ。門前で侍たちが厳重な見張りに立っている。あれは何のためだ」

「それはいつもああいうふうで……」

物音がした。いずみは聞き耳を立てた。稽古場のほうで男の話し声がしている。

「こんな時分に。誰かしら」

門弟が何かの用で入って来たのかと思い、いずみは座敷から出て見にいった。

薄暗い稽古場に、二人の武士がいた。一人が、打飼袋を板床に投げ出して、

「こんな所で寝るのか。夜着があっても寒いな。どこか部屋が空いておるだろう。そこを貰おう」

と、ぼやいている。聞き覚えのある声だ。いずみの足音に気づいてこちらを見た。

「や、お久しゅうござる。お邪魔しており申す」

松虫弥右衛門。ひと月ほど前にここを訪れた旅の武芸者だった。着馴れた袷に袴という姿は変わらない。ずんぐりとした小兵で、風采のあがらない四十前後の男だが、いまはどこか油断ならない気配がする。沢蟹を思わせる顔に滑稽な感じはなかった。こちらを見る目が蛇のように底光りしている。

「おい、挨拶せんか」

松虫弥右衛門に言われて、若い武士が、

「世話になる」

ぼそりと言った。

石津忠也。松虫より少し前に道場に来た。背が高く、痩せている。あのときと同じ荒んだ顔つきでじろりといずみを見やった。

いずみは顔色を変えた。

「石津さま、ここに出入りすることは師範代から禁じられたはずです。お引き取りください」

「なにを」

さっと凶相になった。

「断りもなく勝手に入り込むとは何ごとですか」

「勝手にではない」

「まあまあ」

と松虫が手を上げ下げする。

「われらは江戸府内の道場をめぐっておったが、知り合いの招きを受けて訪ねて来たのじゃ。しばらくのあいだ、やっかいになります」

「わたしは聞いていません。二人ともおひきとりください」

保春が廊下に現れた。

「身共が呼んだのだ。いずみさんには話があとさきになった。申し訳ない」

「先生が？　でも、どういうこと……」

保春は松虫と石津を見やった。

「この者たちは、身共が諸国行脚の途中で出会い、ともに助け合った仲間でござる。江戸では落ち着いて剣技を習練する場所がないと言うので、声を掛けました。門弟がたの稽古が休みのあいだ、二、三日だけでも、ここをお借りできますまいか」

「うちに泊まるのですか。でも、先生も妙国尼さまもいらっしゃいます。空いている部屋なんて」

台所から妙国尼が顔をのぞかせた。

「台所の隣りの板間が空いています。機織り台を隅に寄せれば、二人なら横になれるかと。機織り台は使っていないのでしょう?」

「ええ、いまは」

「それならしばらくのあいだ。他生の縁と申します。にぎやかでよろしいではありませんか。さあ、そろそろ夕餉のしたくがととのいますよ」

松虫弥右衛門が、

「いやあ、ありがたい。ではその板間のほうへ。いずみどの、用があれば何なりと言うてくだされ。力仕事は得意じゃから」

打飼袋を拾って妙国尼についていく。石津忠也がのっそりとあとに従う。松虫弥右衛門は振り返り、

「われらのことは、松虫、石津丸、と呼んでくだされ。昔からの呼び名で。そのほうが落ち着く」

ははは、と笑った。

夕餉は奇妙な雰囲気だった。座敷に、保春、妙国尼が並び、それに松虫、石津丸が向かい合って座した。いずみは、襖に近い所で、飯をよそう役をした。飯も菜も五人分つくってあった。客が二人増えることは妙国尼も前から知っていたらしい。

菜は凍み豆腐だった。いやあ、懐かしいな、ふるさとの味じゃ、と松虫は舌鼓《したつづみ》を打った。松虫はよくしゃべった。江戸府内で出会った出来事をおもしろおかしく話した。飯粒を口から飛ばして、がさつなふるまいが騒々しい。石津丸は機嫌悪そうに無言で飯をかきこんだ。二人とも、腰から外した大小を、尻のすぐ後ろに置いている。四六時中、誰かに襲われないかと警戒している空気がある。そんな日常を送っているのだろう。話の端々から、二人は同じ流派で、石津丸は松虫の弟子だとわかった。

いずみは、保春の剣技を頭に浮かべた。保春の蝶のような動きのところどころに、どこかで見た形が入っていた。松虫や石津丸と気心知れたふうに同席しているのを見て、はっきりとつながった。三人ともに同じ流派だ。天下我孫子流。同門なのだ。保春は、自分の流派を隠して、自然秘蝶流だなどと言った。二人とは一緒に修行したはずなのに旅先で知り合ったと言った。

松虫は、

「いずみどのは、おとなしゅうござるな。いや、武家の娘はそうでないといかん。わしみたいに浮かれておっては駄目だ」

と大きな口を開けて笑った。

「明日は皆で稽古をいたそう」

保春が言った。松虫は、

「よろしいですな。いずみどのの技を、もう一度拝見したい。のお、石津丸、おぬしも学ばせてもらえ」

石津丸はじろりといずみを流し見た。敵意は失せていない。いずみは、三人にまじって自分が稽古場にいるようすを思い描いた。首を横に振った。

「わたしは、明日は少し休ませていただきます」

「せっかくの機会だぞ」

保春が言った。押しつけがましい口ぶりだった。いずみがうつむくと、妙国尼は、

「いずみさんは休養するために道場を閉めたのです。明日は体をお休めになればよろしゅうございます」

と男たちを見まわした。誰も妙国尼には反対しない。

ふう、と松虫が溜め息をつく。

「疲れた。早く寝よう。風呂に入りたいな。もう十日も入っておらぬ。いずみどの、後でお風呂をいただけますか」

「どうぞ」

「ありがたい。石津丸、飯を食ったら、風呂の湯を沸かせ。おぬしも垢を落とすことだ。むさく

るしい居候はいずみどのに嫌われるぞ」

いずみは、箸も進まず、皆が食べ終えると食器を台所に運び、後片付けをした。

妙国尼は、石津丸をつれて勝手口の外へ出ると、風呂の焚きつけかたを教えて一人で戻ってきた。

「雪が降ってきましたよ。今夜は冷えそうだわ」

いずみは返事をせずに食器を洗いつづけた。手指が赤くなっている。妙国尼は、

「あの二人の夜具を見ておきましょう。自分たちに運ばせますから」

と奥へ入っていった。

事態がいっぺんにがらりと変わってしまった。

いずみは眉をひそめた。不穏な、ぴりぴりと張り詰めた空気が、この道場に満ちている。松虫と石津丸がいきなり現れたせいなのか。いや、いまになって思うと、妙国尼が、そして保春が、ここへ移ってきたときから、その兆しはあった。保春と妙国尼の優しい態度に、まだ二人の言動に乗って謀りごとを探っていても大丈夫だと油断していた。

風呂場の外で薪をくべる物音がする。妙国尼について勝手口を出ていくとき、石津丸は大小を腰に差して険しい顔つきだった。風呂焚きを命じられて機嫌が悪いのではない。残忍で殺伐とした心が平常の心なのだ。

石津丸、松虫、妙国尼、北畠保春。お互いのつながりを隠して、順々にこの道場にやってきて

……いまは四人が顔をそろえている。いずみの木刀一本では勝ち目がない。

「あんたは誰かね。そこで何をしてるんだ」

勝手口の外で声がした。今船屋だ。

「おぬしこそ何者だ。訊くほうから名乗るのが筋だ」

石津丸の低い声が応じた。いずみは濡れた手のまま慌てて勝手口から出た。

雪が降っている。地面はうっすらと白くなっている。今船屋が石津丸と向かい合っていた。

「今船屋さん」

いずみが呼ぶと、今船屋はこちらを向いた。

「誰だね、このご浪人は？」

「その方は」

石津丸が、

「言うな。言わずともよい」

と制した。今船屋はまた石津丸に向いた。焚きつけた薪の火で、石津丸の凶相に陰影が揺れている。

「私は金貸しの今船屋と申します。さあ、名乗りましたよ。あなたさまはどなたですか？」

石津丸が目に凄い光を宿した。

「何ですか」

今船屋が半歩退いた。石津丸の太刀が一閃した。今船屋が声にならない叫びをあげて爪先立つ。首すじから鮮血が吹きあがった。

「今船屋さん」

いずみは足がすくんだ。今船屋は手で首を押さえた。膝ががくがくと震え、体の力が抜けて、うつ伏せに倒れた。

鮮血が雪を染めていく。

「今船屋さん」

前に出ようとしたいずみを、誰かが後ろから抱き止めて、手で口をふさいだ。

「大きな声を出してはいかん。落ち着きなされ」

松虫の声が耳もとでそう言った。

石津丸は、今船屋の上に屈み込んで顔に触れ、絶命したのを確かめると、半纏で刀に付いた血糊を拭き取り、鞘におさめた。

「いずみどの、よいかな?」

松虫がつぶやくように言う。手が離れて、いずみは黙って立ちつくした。今船屋は片頬を地面につけたまま動かなかった。血が広がっていく。いずみは石津丸を見た。

「どうして?」

石津丸は黙っていずみを睨み返した。

いずみの横に、保春が立った。

「この者は、敵の間者だ。商人ではない」

冷厳な顔でそう言った。

「敵？　この人は、借金のカタに押さえた道場を見回りに来ていただけです」

「見回りと言うのは、まことだ。だが、借金云々は、偽りだろう」

松虫が今船屋に近づいてのぞきこんだ。

「死体を隠さぬといかんな。おい、石津丸」

松虫が今船屋の両手首を持ち、石津丸が両足首をつかんで、持ち上げた。うつ伏せのままでどこかへ運んでいく。滴り落ちる血で雪に赤い線がひかれていく。いずみは、ぼうぜんと見送った。

「風邪をひく。中へ入ろう」

保春が言った。

「わけは明日、話す。だが、よいか、いずみさん。ここからは、覚悟を決めてもらわねばならん。あなたはわれわれの仲間なのだ」

背を向けて勝手口から入っていった。

いずみは動かなかった。髪や肩に白いものが降り積もっていく。

「さあ、いずみさん、入って」

背後で妙国尼がうながした。命じる口調だった。

三

翌朝、勝手口から出ると、暗い雲が天を覆っていた。雪は止んでいた。足の指が埋まるほど積もっている。柴垣も聖天寺の屋根も雪が乗って、辺りは水墨画を見るようだった。

血の跡は白く隠されていた。いずみは、昨夜松虫と石津丸が今船屋を運んでいった裏の畑のほうを眺めた。

「いずみちゃん」

ハナの声がした。庫裡のほうから雪を踏み、手を振ってやってくる。

「ハナちゃん」

いずみが行こうとすると、

「話さぬように」

低い声がする。勝手口の木戸が少し開いて、内側で松虫がこちらをうかがっていた。

「昨夜のことも、われらのことも、話してはならぬ。隣りの家族のためじゃ。知られれば、あの娘も、和尚らも、今船屋と同じように処せねばならん」

戸の隙間から腰の刀が見えるように体をずらし、柄に手を掛けた。

いずみは、柴垣のところでハルを迎えた。いずみが行く手をふさぐように立ちはだかるので、ハナは止まって道場のほうを眺めた。

「ハナちゃん、どうしたの？」

「昨日の夜、人の声がしてたみたいだから。何かあったの？」

「べつに。今船屋さんが」

「ああ、金貸しの。夜に来たんだ」

「うん」

「いずみちゃん、道場が休みなんだから、うちへ来て寝ればいいのに」

「ありがとう。でも、大丈夫」

ハナはいずみの顔を見た。

「元気ないね」

「そう？　掃除とか片付けとかして、ちょっと疲れたかな」

「手伝うよ」

ハナは前に出ようとした。

「いいよ。もう済んだし」

声に拒絶の色が混じっていた。ハナは身をひいてまたいずみを見た。

「ほんとに大丈夫？　なんだか、いずみちゃん……顔つきが変わったね」

「それ前にも言ってたよ」

「あのときは、剣士の顔つき。それとは違って……」

いずみは、

「ほんとに大丈夫よ。ありがとう」

と話を打ち切って背を向けた。

「コタロウはうちにいるよ」

ハナが言った。

「このまま居ついちゃうよ」

「しばらくはお願い」

ハナを振り返り、

「あ、そうだ、コタロウの好物、知ってる？」

「何？」

「凍み豆腐」

「え、何？」

「和尚さんなら用意してくれるわ。姫松さんと囲碁をしているときに、凍み豆腐は美味いって言い合ってたから。コタロウも前に凍み豆腐を食べてから大好物なの。にゃあにゃあ怒りだす前に、用意してあげてね。四丁はぺろりと食べるかな」

「はあ……？」

勝手口まで歩いて、振り返ると、ハナは庫裡へひき返していく。ハナちゃん、和尚さんに伝えて、と胸中で願って台所に入った。

松虫は上がり框に腰掛けていた。湯呑みの茶をズズッとすすり、こちらをチラと見た。わたしをずっと見張っているのだ。そして、ハナちゃんや和尚、おばさんも人質に取られたかっこうだ。

いずみは松虫と目を合わさずに廊下に上がり、自分の部屋に籠もった。


昼過ぎ、保春に呼ばれて座敷へ行った。

保春は畳に数枚の地図や何かの書面を広げて険しい顔で思案していた。いずみが描いた見取り図にも細い文字で書き込みがしてある。いずみが襖のそばに座ると、顔を上げ、腕組みを解いた。

いずみは保春の顔を見つめた。

「先生、何が起きているのでしょうか?」

「うむ。それを話そうと思ってな」

端正な顔立ちに激しい熱意があふれている。

「今日よりは、かえり見なくて大君《おおきみ》の、しこの御楯《みたて》と出《い》で立つわれは」

力強い口調でつぶやいた。

「万葉集ですか?」

「そうだ。防人の歌で、いつも身共の胸にある歌だ。いよいよだな」

地図や書面を見渡した。

「いずみさん、この国を昔から治めてきた正統な王者は誰であるか、知っていますか?」

「王者……公方さま」

「そうではない。平氏や源氏や足利や豊臣や、覇者となって権力をわたくしした者は幾らでもおるが。そんな覇者たちではない。この国は代々、帝が治められてきた」

「京の?」

「朝廷だ。覇者たちは、朝廷から将軍職などを任命されて、帝を補佐する立場だった。王者ではない。臣下なのだ。身のほどを忘れて増長し、横暴なふるまいをして自ら滅んでいくのが覇者たちだ」

侮蔑のまなざしを宙に向けた。

「江戸の徳川家も同じあやまちを犯しておる。あやまちは正さねばならん。だが言葉で教えても聞かぬときは、武力で思い知らさねばならんのだ」

「先生は、徳川を倒そうというのですか」

「臣下としての分をわきまえさせる。どうしても聞かぬ場合は、江戸の徳川は排さねばならんだろう」

江戸の、と付けたのは、いまの公方さまを尾張や紀州の徳川家と交代させるということなのか。

「われらは日本国の乱れを正すために働いておる。大きな世直しだ」

「この道場で何をなさるつもりなのですか」

「それは、今宵、知れることだ」

「今宵?」

保春はにっこりと微笑んだ。

「しばらくこの道場を使わせていただく。いずみさんにぜひ力を貸してほしいのだ」

話はそこまでで終わった。

いずみは自分の部屋に戻った。

障子窓に寄って、足袋のほつれを木綿糸でかがった。針を運びながら、怖れで胸が押し潰されそうだった。公方さまに向かって弓をひくというのだ。北畠保春は大逆人だった。いますぐここを脱け出して、大小路の下屋敷へ知らせに走りたかった。だが、幽閉を破ろうにも、木刀一本で男たちに打ち勝てるはずもない。時機を待つしかなかった。

いにしえからの長い時代の流れを眺めわたしたとき、保春の言うことにも一理あるのかもしれないと思える。保春は、自分の正義から、いまの世に憤《いきどお》っているのだ。保春の目には公方さまのほうが大逆人と映っている。いずみはそれを、おかしい、まちがっている、と思うが、保春の純真なまなざし、まっすぐな熱意には、簡単に否定できない光が宿っている気がする。

大小路家も父も幕府隠密。公方さまと徳川家の世を守るのがお勤めだ。保春とは正反対の正義のもとで働いている。その父の留守番を守る自分は、保春の企てを止めなければならない。ためらう気持ちもある。保春が初めて道場を訪ねてきたとき、防人歌の話をした。口にしたのは、故郷に残した家族を想う防人の悲しみだった。その悲しみはわが兵法の根にあるものだと言い、いずみは、先生の学問にはあたたかい人の血が通っていると感じた。

けれども、今船屋が斬られたとき、保春は冷厳な顔でいずみに、ここからは覚悟を決めてもらわねばならんと告げた。

何の覚悟をしろと言うのだろう。

いずみは押し入れから肌着や下穿きの入った行李をひっぱり出して、障子窓の外が暗くなるまで繕いものを続けた。

四

夕方からまた雪が降りはじめた。

地面や木の枝に残っていた昨夜の雪の上に新しい粉雪が重なっていく。

夕餉が終わり、台所で片付けをしていると、玄関のくぐり戸を叩く音がした。出ようとして急いで手を拭いていると、お待ちくだされ、いま開け申す、と松虫が出ていく気配がする。保春の仲間がまた一人増えたのだろう。そう考えて、片付けを続けた。

妙国尼が台所に降りてきた。

「お茶を淹れましょう」

「どなたか来られたのですか」

「ええ。いずみさんも一緒に。わたくしとお茶を運んでください」

急須と湯呑みを盆に乗せて二人で座敷に運んだ。

上座に、羽織、袴を付けた武士が一人、あぐらをかいていた。いつもは上座にいる保春が、松虫、石津丸とともに、へり下ってひかえている。妙国尼が茶を配り、いずみは襖のそばに座った。

がっしりとした体格の、五十年輩の男だった。総髪で、ごつごつとした感じのいかつい顔つき。太い眉に、眼光の鋭い、威圧するようなまなざし。

いずみは鬼でも見たように表情を凍りつかせた。

年明けの未明、小径からこの道場を見ていた武士だ。

「われらの頭領、宿院隼人さまだ」

保春がこちらを振り返ってそう言った。

三年前に、いずみの目の前で、道場の門弟の湊を斬り殺した男だった。

「そなたがいずみか。そなたも聞いておくがよい」

太い声が命じた。堂々としていて、人を指図するのに慣れている口ぶりだった。

三年前いずみがいたことを覚えているのか、その表情からは読みとれなかった。

「よいか。決行は、明後日の五つ半（午後九時）。高郡藩と岡遠《おかとお》藩の藩兵が、寺内町の寺院と、近隣の大名屋敷とにひそかに配置されておる。この伏兵百人で、大小路の下屋敷を襲い、鉄砲組を斬り、武器を奪う。そこをわれらの砦として、江戸城に迫る」

いずみのまぶたに、白衣白頭巾の巡礼たちがよみがえった。山門の前で不穏な空気を放っていた。藩から送り込まれ潜伏先に向かう伏兵だったのだ。

「保春、あの下屋敷が幕府の秘密の鉄砲蔵だとつきとめたのはさすがだ」

「は、恐れ入ります」

「して、鉄砲を奪った後の、江戸城進軍の進路は？」

「ここに記してあります」

保春は懐から紙を差し出した。宿院隼人はそれを開いてじっと見つめた。江戸府内の地図らしかった。

「ふむ。旗本の動きはどのように封じる？」

「定跡どおりに江戸城を守らせます。こちらの援軍が合流し、わがほうが江戸城に迫れば、朝廷側の諸大名は屋敷から討って出て府内を攪乱し、内堀の際まで占拠して、守る旗本どもを城内に封じ込めます。拙者は日比谷の綾野神明先生宅に移り、指揮します。援軍は如何に？」

「援軍のほうは、高郡藩、岡遠藩から合わせて一万二千。明後日の日没後、江戸に向け早駆けで進軍を開始する。第一陣の攻めがとどこおりなく進めば、尾張をはじめ、味方の諸大名が呼応して兵を挙げ、朝廷からすべての大名に激が飛ぶ段取りだ。江戸の徳川は十日と持たぬわ」

宿院は自信ありげに、ほくそ笑んだ。

「事の情勢が決するまで、この道場をいくさの本陣とする。幕府の鉄砲蔵を奪い、江戸城を狙うには、まことに地の利を得た場所だ。幕府隠密の拠り所だけのことはある」

「聖天寺はいかがいたしましょう?」

と松虫が訊いた。

「気づかれぬあいだはそのままにしておけ。いま襲えば人の目につく」

宿院は手もとの湯呑みを取り、茶を口に含んだ。ごくりと喉を鳴らし、いずみを見た。

「ここからは細かい打ち合わせになる。そなたは下がって寝るがよい」

いずみは厳しい眼光を見返した。

「なぜわたしに聞かせたのですか。この道場を、あなたがたの謀りごとにお貸しするわけにはいきません」

「気の毒だが、ここはすでにそなたの手を離れておる。場所を貸し、企ての中身を聞いたうえは、そなたもわれらと一蓮托生。覚悟を決めるがよい」

「何の覚悟でしょうか。わたしの覚悟は、ここの留守番をすることです」

「ふん、ひと晩よく考えればよいわ」

子供の駄々を嗤《わら》うように聞き流した。

いずみは妙国尼にうながされて台所へ下がり、片付けを済ませると、自分の部屋に行かされた。

寝る支度をしていると、妙国尼が自分の夜具を抱えて入ってきた。

「頭領に部屋をお渡しせねばなりません。一緒に寝かせてもらいますよ」

襖の側に布団を敷いた。夜のあいだに逃げ出さないように見張るつもりもあるのだろう。いずみは黙って自分の夜具をととのえた。枕の下に懐剣を隠している。石津丸がこの近辺に姿を現した師走の初め頃から、母の遺品の護身刀を気休めのように置いていた。ここを脱け出すなら、今夜はこれを使うかもしれない。

妙国尼がこちらに寄ってきた。いきなり枕の下に手を入れて懐剣を取り、自分の夜具に持っていった。

「敵がもし踏み込んだときは、わたくしが防ぎますから。これをお貸しください」

と襖を目で示した。妙国尼は、いずみが知らないあいだに、うちのことを隅々まで調べて、枕もとの護身刀まで知り尽くしていたのだ。

「いずみさんは安心して休んでください。あなたには北畠先生とわたくしの心が伝わっているはず。あなたも大事な仲間なのです」

いずみは行灯の灯を消し、夜着を頭までひき被った。

翌朝、冬の弱い日が射していた。

雪はくるぶしの辺りまで積もっている。

朝餉が済むと、妙国尼は、米や糧食、資材を備えるために石津丸を連れて買い出しに行った。

いずみは自分の部屋で膝を抱えて障子窓を眺めていた。

明日の夜には、この界隈にひそむ兵が大小路の下屋敷を襲い、武器を奪って江戸城へと進軍する。町は炎に包まれるかもしれない。ここを脱け出して下屋敷まで知らせに走るのなら、妙国尼と石津丸がいないいまのうちだった。

耳を澄ませた。屋内は、しいんと静まり返っている。でも、松虫も保春も宿院隼人もいる。まちがいなくこちらの気配を見張っているだろう。逃げようとすれば斬られる。

ふと思いついた。稽古場に、父の真剣が掛けてある。保春に教えられて細引きを切った刀だ。あの刀を持ってここを脱け出し、途中で気づかれたり追われたりしたら、そのときは斬り結んで……。

いずみの瞳に強い光が宿った。

「覚悟……」

稽古着に着替えて、髪をとき、後ろで結び、背中に流した。

襖を開けて人がいないのを確かめ、そっと廊下を歩いていった。

稽古場に入り、ぎくりと足を止めた。

板床の真ん中に、宿院隼人が正座していた。大小を差し、神棚に顔を向けて瞑想している。

いずみは息を殺してたたずんだ。

宿院がかっと目を見開き、片膝を立て、太刀を抜いて空を斬った。一瞬の動作だった。振り返りざま立ち上がり、空気を袈裟懸けに裂き、横に払い、突く。いずみがこれまでに見た剣客とは桁が違う凄さだった。天下我孫子流。おそらく免許皆伝。人を斬ったこともあると見えた。

宿院は太刀を鞘におさめ、眼光をこちらに向けた。

「稽古をするか」

「いえ」

「それは稽古をするかっこうだ。恵美須蔵人の娘御だな」

宿院は稽古場を見まわし、垂れ下がった細引きに目を留めた。そばに寄って、紐の切り口を手に取って見た。

「これか。ふうむ。やってみろ」

いずみは仕方なく掛けてあった真剣を取った。左手で鞘をつかみ、右手で柄を握った。細引きの前に立って、息をととのえた。紐はまっすぐに垂れて静止している。

「やっ」

片手で太刀を抜き放った。紐の下、三寸ほどが切り離されて落ちた。残った紐は静止したままだった。

「ふむ」

宿院は床に落ちた紐を見下ろす。

「三年前より少しは腕を上げたか。わしがこの界隈を下見に来たときよりは」

湊を斬った場にいずみがいたのを覚えていたのだ。

いずみは、右手に抜き身の太刀を持って、宿院が隙だらけだと思った。いま、宿院を斬れば。

その考えが頭をよぎった。

宿院が太刀を抜いて空に振るった。

鞘におさめるのと、紐が切れて落ちるのは同時だった。三寸ほどの切れ端が二本、いずみの切り落とした紐の上に落ちた。いずみは息をのんだ。

「わしが斬れるか」

宿院が言った。凄気《せいき》が殺到する。いずみは鞘を捨てて太刀を正眼にかまえた。

宿院が瞬時に太刀を抜いていた。峰打ちで振り下ろしてガッといずみの太刀に当てた。いずみの太刀は中ほどで折れ、切っ先が床に突き立った。いずみは柄を握りしめて退いた。

宿院のいかつい顔がニタリとゆがんだ。

「竹刀か木刀で修行しておるのであろう。そなたに人は斬れぬ」

「斬りたくはありません」

「そなたの父はそうでもないがな」

「高郡藩の騒動を、父は治めに行ったのです」

「聞いておるのか」

宿院は厳しい表情に戻った。

「幕府の犬として藩内に忍び込んできおった。われらは、朝廷に横暴をきわめる公方を諫めようとしただけだ。正しい道を進もうとしたわれらを、帝塚山三左衛門とそなたの父は、逆賊の汚名を着せて葬り去ろうとした」

「あなたは逃げたのでしょう」

「時を待って正義を実現するためだ。あのとき保春は兄を失った。松虫は同志のなかで唯一人生き残り、同志の遺児の石津丸を育てて再起の日を待った。明日、ようやく道は開ける。江戸徳川の悪行は正されて、正義の行きわたる世になるのだ」

「江戸の町はどうなるのですか。戦乱で家が焼けて、人が傷つきます」

「ご政道を正す」

宿院は厳然と言った。

「町が燃えても、正しい世になれば、やがてはまた繁栄する。もっと良い時代が来る」

「人が傷ついても？」

「やむを得ぬ。大義は、民を救うことにある。われらは民の悲しみと共にある。しかし大義の前に破壊は、つきものなのだ」

いずみは折れ残った刀身を見た。連子窓の隙間からの日差しで、鈍い光を含んでいる。この刃をかまえて宿院にぶつかっていけば。討ち倒すことができるだろうか。たとえ相討ちでも。そうすれば留守番をまっとうできる。

宿院との間合いを見た。三歩の距離だ。柄を握りしめた。

「いずみどの。どうなされた？」

すぐ後ろで松虫が言った。いずみはびくりと振り返った。松虫がいつのまにかそばに立っている。

「文を書きたいのじゃが。紙と筆を貸してもらえんかな。稽古中に申し訳ないが、急ぐもので」

そう頼みながらいずみの手から折れた刀を取った。

「折れましたか。怪我は？　無さそうじゃな。うむ、ようござった」

いずみの耳に、鉄砲を連射する音が届いた。大小路の下屋敷からだ。

「撃っておるわい」

松虫がつぶやいた。

五

かまどに火を起こした。

台所のなかは薄暗く、日の落ちるのが早いと思ったが、そうではなくて、障子窓に水面の揺らめきのような陰が動いている。雪が降っているのだ。

髪は結わずにそのまま背中に流し、普段の袷に着替えていた。もうそろそろ妙国尼と石津丸が戻ってくるだろう。脱け出す時機を求めて内の気配に耳を澄ませていると、松虫が台所に来て、かまどに何枚かの紙を投げ込んだ。書き損じの文を燃やしてしまうつもりなのだ。

「冷えてきたな。まだ書かねばならんのに手がかじかんで困る」

かまどの火に手をかざし、

「さてと。おお、寒」

ぶるぶるっと震える真似をして廊下に上がっていった。

紙は火が移って焼けていく。いずみは、火掻き棒でそれを掻き出し、踏んで火を消した。焼け残ったところを棒の先で広げて見る。

謹厳言上、という書きはじめの言葉や、仰せ付けられ候、申し上げらるべく候、といった言葉は読み取れるが、どんな内容の文面だったかはわからなかった。

その墨跡をじっと見つめて、いずみは、はっとなった。見覚えのある筆跡だった。前に見たときは走り書きのような荒い筆だった。これはていねいに書いてあるが、それでも、くせのある字は、同じ者の手になるのは間違いなかった。

前に見たのは、同心の塚西源之進が町の番屋に投げ込まれた書状についてたずねたときだった。

二人の武芸者が雑木林で斬られた夜、その場所で父を見たと告げる投書だ。父に濡れ衣を着せるために仕組んだ偽の告発だろうとも考えられたが。松虫が書いたものなら、あの書状も謀りごとの一環で、やはり偽証だったと思われた。

いずみは焼け残った紙片を折り畳んで懐にしまった。

これを源之進に届けていきさつを話せば、奉行所だけでなく目付や大目付までも動かせる。どうやって届ければいいのか。そろそろ塚西さんが父が帰ったかとようすを見に来そうなものだが。でも、ここに来たら、今船屋みたいに斬られて死体は隠されるだろう。

勝手口の外で物音がした。

いずみは、源之進が来たのなら松虫たちに見つかる前にひき返させなければ、と急いで勝手口から外へ出た。

妙国尼と石津丸だった。雪降るなかを、石津丸は大八車をひいていた。小径に積もった雪にわだちの跡がついている。米俵や木箱、壺、菰を被せた物などを積んでいた。勝手口の前に停めた。

妙国尼は、尼頭巾の雪を掃い、

「いずみさん、運び入れるのを手伝ってくれますか」

と目で荷物を示した。

石津丸が米俵を担いで台所へ移す。

いずみも壺や木箱を運んで土間に置いた。

菰を被せていたのは、竹竿や白い布、松明に使う木、荒縄などだった。台所の土間はそうした物でいっぱいになった。

運び終えると妙国尼が渋茶を淹れ、石津丸は上がり框に腰を下ろしてひと休みした。妙国尼もその隣りに腰掛けて湯呑みを両手で包んだ。

「ああ温かい。大八車で雪の坂を上るのはたいへん。松虫どのにも行ってもらえばよかった。いずみさんもお飲みなさいな」

いずみは、

「要りません」

と首を振って、勝手口の近くにたたずんだ。

不意を突き、走って逃げ出しても、雪道を石津丸に追いつかれずに下屋敷にたどりつくことはできまい。いずみは懐の紙片に触れそうになる手をそっと下ろした。

外で物音がした。

塚西さん。いずみの顔色が変わった。石津丸が、さっと厳しい表情になった。いずみを睨み、勝手口の外の物音に耳を澄ませた。

がた、がた、と誰かが何かをしている。

石津丸は湯呑みを置き、木戸のそばに寄ると、目を光らせて刀の柄に手を掛けた。いずみは、

「斬る必要はありません」

と低い声で制した。妙国尼が低い声で、

「何も言ってはなりません。帰ってもらいなさい」

と命じた。いずみは、そっと木戸を開けた。

「ふえっくしょんっ」

軒下で、大小路吾久郎が大きなくしゃみをした。いずみは外へ出て後ろ手に木戸を閉めた。

「ああ、いずみどの、お元気ですか」

いずみは、大小路の名を口にせず、

「そこで何をしているんですか?」

と訊いた。

「これでござる」

縄で縛ったカブを持ち上げて示した。

「カブもそろそろおしまいなのだが、どういうわけか、たくさん貰いましてな。あちこちおすそ分けにまわっております。この前を通りかかって、思い出しました。こうやって」

師走にいずみが軒先にさげていたとおりにカブをぶらさげていく。

「遠慮はご無用。おすそ分けでござるゆえ」

「はあ、ありがとうございます」

早くここを離れてもらうのがいいと思い、黙って見ていた。吾久郎はカブを掛けながら、

「どうですかこの頃は？　休めていますか？　体がなまったと退屈しているのではありませんか？」

　一人でしゃべっている。

「おおっと」

　手をすべらせてカブを雪の上に落としてしまった。いずみは駆け寄ってカブを拾い上げ、屈んできた吾久郎に手渡した。

「や、かたじけない」

　いずみは素早く自分の懐の紙片を抜いて吾久郎の懐へ押し込んだ。木戸の隙間から見られているかもしれないので自分の背中で視界をふさいだ。

「むむ？」

　吾久郎はきょとんといずみを見た。いずみは、黙って、と目配せした。

「むむむ？」

　吾久郎は首をかしげ、雪の落ちてくる曇天を見上げていたが、ぽっと頬を赤らめた。

「いやあ、いままで気がつかなんだ。いずみどのの意中の人は、なんと、この……」

　いずみは、イイッと口の端を曲げて後ずさった。あなたが来るとわかっていないのにどうして恋文を用意していることがあるの。胸中で叱った。

「カブ、ありがとうございました。足もとに気をつけてお帰りください」

冷淡にそう言った。吾久郎は、にやけた顔で、

「おお、やさしいお気遣い、心に沁みますぞ」

さっさっとカブを掛け終わり、

「では、ふたたび稽古が始まるのを楽しみにしております」

と頭を下げた。

「はい。塚西源之進さまにもお礼をお伝えください」

「は？　誰に？」

いずみはくるりと背を向けて台所に戻り、勝手口の木戸を閉めた。

石津丸は木戸の陰にひそんでいたが、雪を踏んで足音が離れていくのを聞いて、ふうっと息を吐き、上がり框に戻った。

いずみはかまどに薪をくべた。あの紙片を吾久郎に託したのはあやまりだったか、と不安が湧いた。吾久郎がひき返してきて、この切れ端は何でござるか、間違えて渡したのでしょう、拙者への恋文をいただいていきますから、などと言うのではないか。いかにもありそうな場面が頭に浮かんで、はあ、と溜め息が出た。

松虫が顔をのぞかせた。手にはまた書き損じの紙を持っている。

「どうした？　人の声がしていたが？」

妙国尼が湯呑みを片付けながら、

「門弟の一人がカブを持って来たのよ。もう帰ったわ」

と言った。松虫は、

「そうか」

と土間に下りて、かまどに書き損じを投げ入れた。

「腹が減ってきたな。筆を持つなどと慣れぬことをするとどうも。書き損じも多い。さて、今宵の菜は何だ」

と話す言葉が、途切れた。

いずみは火搔き棒で紙を火に寄せようとしていたが、松虫の顔を見て、手を止めた。

松虫は険しい顔になっていた。足もとの、かまどの前の土間を見ている。土の上に、黒い灰が落ちている。燃え残った紙の白いきれはしも。ほんの小さなゴミくずだが、さっき燃やしたはずの書状の一部だとわかる。

松虫は視線を上げ、いずみの顔を見据えた。

「書状を火から取り出したな」

瞳の黒い色が粘っこい光を宿して不気味だった。

「どこに隠した？」

いずみは後ずさった。

「知りません。ぜんぶ焼けました」

「ごまかすな。番屋へ届ける気なのだろう」

松虫が足を踏みだして迫ってきた。

「どうしたの?」

と妙国尼がこちらを向いた。

「わしが書き損じた書状を、火から取り出して、隠しおった。おい、どこへやった? 袖の袂か? 懐か?」

「ありません。そんなもの持っていません」

妙国尼が言った。

「その子はずっとここにいたよ。肌身に付けているんじゃないか? 裸にして調べてみようか」

石津丸は上がり框に腰掛けてなりゆきを見ていたが、

「あっ」

と声をあげて立ち上がった。

「さっきの門弟。あいつに渡したのだ」

「まずいぞ。追え」

松虫はいずみを押し退けようとした。ごつい手指が肩をつかもうと迫ってくる。いずみは火掻き棒で松虫の額を打った。

「うわっ」

額を押さえる松虫を突き飛ばした。松虫は、木戸に向かってくる石津丸とぶつかり、もつれあって食器を落とし、二人で土間にひっくり返った。

いずみは火搔き棒を投げ出して勝手口から外へ飛び出した。

木戸を閉め、外から押さえて、逃げ道はないかと辺りを見た。たそがれて、雪が降りつづけて周囲は灰色に陰っていた。

逃げるよりも吾久郎を追って危険を知らせなければ、と気づいた。

ドン、と木戸が揺れ、目の前に刀身の切っ先が飛び出した。

いずみは、そばに停めてあった大八車に走った。取っ手を持ち上げ、大八車を押して木戸に寄せた。木戸が開き、石津丸が飛び出そうとし、大八車にぶつかって後ろによろめく。

いずみは雪の積もった小径を山門へと駆けだした。


降る雪が目に入り、裾が乱れる。走った。追ってくる足音が背後に迫る。荒い息遣いが聞こえた。小径の途中で肩をつかまれた。振りほどこうとして草履がすべり、横倒しになって道端の枯れ草の茂みに転げ込んだ。雪まみれになって上半身を起こすと、石津丸と松虫が、凶相になって見下ろしていた。

石津丸が白刃を抜き放った。

「斬るな。大事な人質だ」

松虫がささやいた。石津丸は太刀を振り上げたままいずみを睨みつけた。いずみは起き上がる素振りで前屈みになり、飛び出すように石津丸に体当たりした。

石津丸は背後の枯れ草に倒れた。いずみは山門のほうへ駆けた。

「ちっ」

松虫の舌打ちが聞こえる。走りながら振り返ると、松虫も剣を抜き、石津丸とこちらへ迫ってくる。

もはや逃げきれない。

いずみは足を止めて二人に対峙した。白い息をはずませながら、降る雪を透かし見て、先に立つ石津丸に身がまえた。

石津丸は八相にかまえて間合いを詰めてくる。

「相手は素手だ。腕の一本も落として人質にするか」

こちらを見据えたまま言った。

後ろで下段にかまえている松虫は、

「どうやらおとなしく人質にはならぬつもりだ。生かしておいては何かと足をひっぱられる。やむを得ん。斬れ」

感情のない低い声で言った。

石津丸が迫ってくる。いずみは機先を制して石津丸の懐へ飛び込み、剣をかまえた腕を両手でつかんだ。足払いを掛けようとしたが、石津丸が頭突きをして、いずみは額が割れたように目がくらんだ。

「ええいっ」

石津丸はつかまれた腕で押し返した。いずみは尻もちをついた。石津丸は殺気を帯びた目で太刀を振り上げた。いずみは体の力が入らなかった。こんなふうに死ぬんだ、という思いが頭をよぎり、鈍い光を放つ刀身を見上げた。

「石津丸っ」

松虫が叫んだ。石津丸の視線がいずみを越えて山門のほうに向いた。石津丸は、はっとして、目を見開いた。

「おのれは」

「おのれ、脱け出して来たか」

瞳に宿している殺気をいずみの頭上越しに飛ばした。顔が憎悪にゆがんだ。

「おれは、高郡藩藩士、石津玄馬《げんば》が一子、忠也だ。父のかたき、覚悟せい」

石津丸はいずみを枯れ草のなかに蹴倒して、八相のかまえで突き進んでいく。いずみは雪にまみれた草をかき分けて石津丸の後ろ姿を見た。

「だあっ」

石津丸は満身の気をたぎらせて太刀を振り下ろした。

が、降る雪を切っただけだった。次の瞬間、石津丸の体は投げられて宙を飛び、もんどりうって白い小径に叩きつけられた。

石津丸の刀は、投げた武士の手にあった。黒ずんだ着物と袴をつけた武士は、切っ先を倒れた石津丸の喉に突きつけた。

「石津玄馬なる者を斬った覚えはないぞ」

「父上っ」

いずみは叫んだ。かすれ声しか出ない。石津丸は首だけを起こして、

「幕府隠密、恵美須蔵人。十七年前、宿院隼人さまの配下だったおれの父を、高郡藩のご城下で、闇討ちにして、背後から斬り殺した。忘れたとは言わさぬ」

「斬ってはおらん。高郡藩の一件で、誰も手にかけてはおらん」

蔵人は静かにそう言った。

「父上」

蔵人はこちらを振り返った。髷は緩み、月代も頬ひげも見苦しく伸びている。着物も、もともとは紺色だったらしいのが雨や土で汚れて黒ずみ、すっかり尾羽打ち枯らした放浪者と映る。眼光には剣客の鋭さが宿っている。

「いずみ、いま帰ったぞ」

石津丸の刀を提げてこちらへ歩みだした。

いずみはいきなり襟首をつかまれてひきずり起こされた。右腕を背中にねじられ、首すじに白刃が押し当てられた。

「恵美須蔵人。そこに、じっとしておれ」

耳もとで松虫の声が響いた。肌にぴたりと当たった刀身は雪よりも冷たい。

「と言うたところで、公儀の役目のためにはわが子の命など、かえりみないのであろうな」

蔵人は足を止めてこちらのようすをうかがっている。松虫は、いずみの腕をねじる力を強めて、

「おぬしならわれらを斬るもここを脱するも自在にやってのけるであろう。だが、そんな気配を見せれば、斬られる前にこの娘を斬る。おぬしは助かっても、この子は必ず死んでいるぞ」

「なぜいまここでいずみを斬って拙者に向かって来んのだ?」

「ふん、お役人の頭はゴチゴチに硬いのう。先ず、われらの主張を聞け。そうすれば、この子もおぬしも、悪いようには扱わぬ。先ずは虚心坦懐にわれらと話し合うことだ」

「話し合う、だと?」

蔵人は薄ら笑いを浮かべた。

「何のために? 話し合う前に、親のかたきだと言って刀を振りまわすやつがおるではないか」

「石津丸、わたくしごとは事が済んでからにしろ。この御仁は逃げたりはせぬよ」

立ち上がっていた石津丸は、蔵人を睨みながら、脇を通り抜け、いずみと松虫のそばに戻った。

着物は雪と泥にまみれ、右腕がぶらぶら揺れている。蔵人に肩の関節を外されたのだろう。

松虫は言った。

「恵美須どの。こいつの刀を返してやってくだされ」

蔵人は刀を投げた。石津丸は、顔をしかめながら自分で肩の関節を入れると、足もとの地面に突き立った刀を袴でぬぐい、鞘におさめた。

「恵美須どの、おぬしの大小は預かる」

「それは、できんな」

蔵人の眼光が強くなった。

「いずみが人質に取られているから手を出さないだけだ。おぬしらを信用するはずがなかろう」

「ならば」

いずみの腕をねじあげる力がさらに増した。いずみは顔をしかめた。

「大小はそのままお持ちいただいてよい」

と声がした。北畠保春が歩いてきた。

「われらの本意は、われらの考えを知ってもらうことにある。恵美須どのも刀を差しているほうが落ち着いて話を聞けるでしょうから。ただし、そのあいだ刀は抜かないと約束していただきたい」

蔵人はいずみをチラと見た。いまは言われたとおりに従うしかないのだ。保春を見返した。

「お互いにな」

「もちろん」

いずみの首すじから刀身が離れた。保春は表情をやわらげてうながした。

「入って、着物を乾かしましょう」

先に立って歩きだす。松虫があごを振って、行け、と命じる。いずみは保春のあとについた。松虫、蔵人が続き、石津丸が蔵人の後ろを歩く。

勝手口から台所へ入るとき、いずみは庭に目を留めた。白く染まった前栽の片隅に、赤いセンリョウの実が生っている。いまが盛りなのか、雪が白く隠そうとするのにあらがって、赤く燃えたつように見える。嫌いな赤なのに、どうしてか、いまは心が惹かれる思いがした。

六

台所に入ると、妙国尼が土間に立っていた。

「蔵人さま、お久しゅうございます」

「タエどのか」

妙国尼が会釈する脇を、蔵人は表情を変えずに歩き抜けようとした。

「うっ」

とつぜん蔵人が身をひいて妙国尼を押し退けた。

いずみが振り返ると、蔵人の脇腹に小刀が刺さっている。小刀は、かたんと土間に落ちた。妙国尼がいずみから取り上げた母の遺品の懐剣だった。

松虫と石津丸が蔵人に飛びかかって右腕と左腕を抱え込み、押さえ込んだ。蔵人は土間に両膝をついた。

「おのれっ、だましたな」

蔵人の袴に血が滲み出す。

「父上っ」

いずみは保春に腕をつかまれて動けなかった。

妙国尼は荒縄を持って来て蔵人の両手首を後ろ手に縛りあげ、

「暴れたら血が止まりませんよ」

と静かに言った。

松虫と石津丸が蔵人の肩を押さえた。妙国尼は蔵人の着物を緩めると、畳んだ手拭いで傷口を押さえ、上がり框に置いてあったサラシを着物の上から胴に巻いて血止めをした。蔵人が現れることがあればこうしようと段取りをあらかじめ示し合わせていたのだと思えた。保春は、

「上手に突いたものだ。致命傷ではないが、このままにしておけば、血が少しずつ抜けて、やがて命を落とす」

冷淡に言った。松虫が大小を奪い、腕をつかんで立たせた。

「父と娘と、どちらかがおかしな真似をすれば、もう片方が先に斬られる。二人とも助かりたいならおとなしくしていてもらおう」

落ちたままの懐剣を拾い、妙国尼に返した。

「絶妙な傷だな。蛇のなま殺しというやつだ。いやあ女の恨みは恐ろしい」

「要らぬことを言うのではない」

妙国尼に叱咤されて、

「おお、怖《こわ》や怖や」

石津丸と二人で蔵人を稽古場のほうへ連れていく。

「いずみさんは着ている物を替えなさい。それでは風邪をひく」

妙国尼に言われ、

「父とわたしをどうするつもりですか」

怒りの言葉を返した。

「いますぐには殺さないということです。明日の夜まで、誰かがここを訪ねて来たら、いずみさんに応対してもらわなければなりません」

「決起が始まれば用済みですね」

「役に立ってくれたなら、生かして解き放ちましょう。お父さまを生かすも殺すもいずみさんの働き次第です」

妙国尼につれられて自分の部屋に行き、衣紋《えもん》掛けで乾かしていた稽古着に着替えた。

「父の傷口に薬を塗ってください」

「ひと晩おとなしくしているなら、明朝手当をします。すぐには死にません」

妙国尼は冷たい横顔で言った。

稽古場へつれていかれた。蔵人は神棚の脇の柱に背をもたれてあぐらをかき、うなだれていた。

後ろ手に縛った荒縄を、さらに柱に結びつけてある。

松虫が、垂れ下がっている細引きを、高い位置で切り、いずみの両手首を後ろ手に縛った。蔵人を結びつけたのとは違う柱に結び、

「寒いのは我慢しなされ。後で夜着を運んでやるから、今宵は久しぶりに親子で語らって寝るがよろしい」

いずみと蔵人を残して座敷のほうへ去っていった。

灯りはなく、稽古場の隅に闇がよどんでいる。蔵人はうなだれたまま動かない。

「父上、痛みますか」

蔵人はチラといずみを見て、またうなだれ、

「血が流れ出ぬようにしておかねばならん」

と低い声で言った。

「父上の借財は、ここを離れるための作り話だったのですね。今船屋さんは石津丸に斬られまし

た。死体をどこかに隠してあります」

「そうか……」

「あの方はここを見守ってくれていたのに、わたしは……」

父に聞きたいことがいっぱいあったが、疲れさせないように自分が多く話そうと考えた。

「十七年前に高郡藩で起きたことは、大小路のお殿さまに聞きました。父上が幕府隠密として潜入し、わたしのお祖父さまの帝塚山三左衛門と協力して、幕府への謀反を防いだ、と。母上は帝塚山の一人娘だったことも」

「刑部さまは口が軽いな」

苦笑いするふうに口の端がゆがんだ。

「十年前、母上が亡くなったときも、父上は謀反の首謀者を追っていたのですね」

「母上にもいずみにも申し訳なかった。あのとき、もう二度と家を空けないでいようと決めたのだが」

「その首謀者が三たび現れたのですね。幕府への謀反をまた企てている。だから父上は隠密として……高郡藩に行っていたの？」

「東海の、岡遠藩だ。高郡藩と手を結んで、兵を起こし、同時に朝廷が全国の大名に檄を飛ばす計画だ。その企てを探るために岡遠藩に忍び入ったが、幽閉されていたのだ」

「腕を怪我していたから」

「もう治っておる。わしの正体を知っている者が岡遠藩に居ったのだ」

「宿院隼人ね。宿院は、いまはここに居ます」

「やはりそうか。ここを決起の本陣にするなどと、嫌味なことをしおる」

「宿院は父上を恨んでいるのかしら」

「やつは母上のいいなずけだったのだ。強引に帝塚山どのに申し入れたらしい。母上は本気で嫌がっておった」

「妙国尼は？　どうして父上を刺すほど恨んでいるの？」

「それは知らぬ。高郡藩に居たとき、あちらからしきりにまとわりついてきたが。詮索の邪魔でしかなかった」

「父上は、もてるのですね」

自分の声が嫌味っぽくなるのに気づいて、話を戻した。

「妙国尼は、自分は住吉さまの姉だと言いました。住吉さまも謀反の一味で、ここに探りを入れに来て、それで父上が斬ったの？」

蔵人は首をゆっくりと横に振る。

「わしは高郡藩でもここでも、人を斬ったことがない。石津丸とやらがわしを親のかたきだと言うておるが、まったくの濡れ衣だ。おそらく謀反一味の内輪揉めで斬られたのだろう。それに、タエどのは、尼僧でもなければ、住吉の身内でもない。住吉と鳥居の二人は、高郡藩の藩士で、謀反派の動静をわしに知らせるためにこの道場を訪れたのだ」

「それなら、やはり、父上があの二人を斬るはずがないわ」

「そうだ。斬ってはおらん。あの日ここでわしと話したとき、住吉は、夜に雑木林の祠で大小路家の使者と会う約束があると言った。あんな場所で？　わしは腑に落ちなくて、夜に雑木林に行ってみた。すると、祠の裏で、すでに二人が斬られていた。隠れていた下手人たちが飛び出してきて、わしも腕を斬られたが、斬り合いになって、下手人たちは逃げていった。さっきの二人だ」

「松虫弥右衛門と石津忠也」

「わしは落ちていた風呂敷で傷口を縛り、ここへ帰ってきた」

「父上が雑木林を出るところを、町の商人が見たわ。それとは関わりなく、松虫は、父上が下手人だと書いた嘘の書状を番屋に投げ込んだのよ」

「松虫は高郡藩の一味の残党だ。石津は遺児。タエどのと保春は、十七年前に高郡藩で果てた国学者、北畠元清の妹と弟だ。首謀者は宿院隼人。宿院にとって、明日の決起は、二十年来の天下取り願望の幕を切って落とすときなのだ」

宿院隼人は高郡藩で挫折してからも活動を続け、信州と東海の二藩を動かすまでになったのだ。その背後には、朝廷と、尾張徳川がひかえている。明日の夜、宿院が進軍の合図を下せば、太平の世は動乱の時代に入る。その始まりがこの恵美須道場なのだ。

留守番を任されていたわたしには、そんなこと許せない。

いずみは暗い屋根裏を睨んだ。


廊下に足音がする。妙国尼が現れた。尼頭巾を被ったままなので、顔だけが、ほの白く暗がりに浮いている。柱の前に立って、うなだれた蔵人をじいっと見下ろした。

「蔵人さま、召し上がる物を何かお持ちしましょうか」

「要らぬ」

「そうね。食べると血のめぐりがよくなって、傷口から流れ出てしまう」

冷たく言い放って後は黙って見下ろしている。蔵人は顔を上げず、目を閉じている。妙国尼は、静かに溜め息を吐いた。

「さっきのひと突きは、二十五歳で切腹して果てた、兄、元清の無念を伝えるひと突きとお思いください。兄は生きておれば、この国を導く人物になっていたはず。救いを求める無辜《むこ》の民には大きな損失です。小藩のお家騒動に巻き込まれて命を落とすなんて。それをひき起こしたのは蔵人さま。あなたはわたしと弟にとって、兄のかたきなのです」

「そなたの兄は巻き込まれたのではない。藩士を扇動したあげく、国盗りの野望を抱く強欲な策士に、兵を起こす理屈を与えたのだ。自業自得であろう」

妙国尼の平手打ちに、蔵人の頬が鳴った。

足音がして、燭台を持った保春が、宿院隼人を案内して現れた。蠟燭の火が宿院のいかつい顔に陰影を揺らせている。

「まだ生かしておけ」

宿院が太い声で言うと、妙国尼は脇へ下がった。

「恵美須蔵人。策士とは聞き捨てならんな」

うつむいたままの蔵人の前に立った。

「おぬしとは高郡藩以来の腐れ縁だ。われらの動向を探る合間に、われらの主張は学ばなんだのか。亡き元清どのの唱えた尊王の主張は、江戸徳川こそが朝廷から国を盗った策士であると明らかにしておるぞ」

「北畠元清の書物は読んだ」

蔵人は目だけ動かして宿院を見上げた。

「武家は帝を補佐する従者に徹しろという。それはそれで正論だ。だがおぬしは、その理屈を、おのれの欲望を実現する道具に使っているに過ぎん。上手くいけば徳川に取って代われるという腹だ。朝廷も大名も騙すつもりだ。ただの私欲さ。そのために江戸の町を焼くのは許されん」

宿院は保春を見た。

「話せばわかるとおまえが言うから顔を出したが。これでは無理だ」

「はあ。どうやらそのようでござる。われらの理屈の正しさを論破できぬゆえ、決起は私利私欲のためだと、話をすり替えてしまう。所詮は徳川の犬。残念だが、わかり合えぬようだ」

保春は蔵人の前にしゃがみこむと、髷をつかんで顔を上げさせ、蠟燭の火で照らした。蔵人の顔は蒼白で、眼光は弱かった。

「恵美須どの、立場が違っても話し合えると思ったが。われらは私欲ではなく大義のために起つのだ。覚えておかれよ」

「欲だろうが義だろうが、つましく暮らしている人たちが家を失い血を流すような世直しは、正しいはずがない」

保春は怒りを浮かべたが、さっと酷薄な表情に変わった。

「先ずは、うぬが血を流すのだ」

髷をつかんでいた手を放し、サラシを巻いた腹の傷口にこぶしを叩きつけた。蔵人はびくりと体を震わせた。

「やめて」

いずみは叫んだ。保春は蔵人の頬をぴたぴたと叩いた。

「ところで、岡遠藩を脱け出した後、ここへ戻る前に、われらの動向を目付に知らせたであろう。決起の計画をどこまでつかんだのだ?」

蔵人はぐったりと頭を垂れている。保春はその肩を揺すった。

「捕り方は、いつここを襲うつもりだ？　こちらの伏兵はいつ襲われても応じることができるぞ。

だが、あらかじめ知っておくに越したことはないからな」

指先でサラシをぐいと押した。赤黒い血が滲んでいる。蔵人はうつむいたまま、

「しくじった」

とつぶやき、くくっと笑った。

「何がおかしいのだ？」

「大小路の屋敷に駆け込む前に、ここへ立ち寄った。おぬしらがここを手に入れていたとは知らなかった。不覚だ」

「どこかへ知らせる前に捕まったと言うのか」

保春は宿院を見上げた。宿院は首を振った。

「東海道をここへ向かうあいだにどこかへ知らせたはずだ。時を稼ぐためにいつわりを申しておるのだ。ここを捕り方が囲んでいる気配はまだないようだが。備えをしよう」

宿院は蔵人に、

「じわじわと血を失って苦しむがよい。われらの同志たちが味わった苦しみをおぬしも味わうのだ」

と言い捨て、保春をつれて座敷のほうへ去った。

妙国尼は、

「いずみさんは、何か食べますか」

作ったような優しい口調で訊いた。

「要りません。それよりも、火鉢を持ってきてください。父が凍えてしまう」

「稽古場は寒いわね。でも、暖めたら、血のめぐりがよくなって、よけいに危ないことになりますよ。我慢してもらいましょう」

衣擦れの音をさせて去っていった。

第五章　剣士の顔

一

稽古場が静かになると、寒さが這い寄ってきた。凍てつくほどの底冷えではない。雪が降りつづいているせいだろう。それにしても、このままでは父は凍え死ぬかもしれない。

「父上、血は止まりましたか」

微かにうなった。

「なんとかして縄を解いたら、奥の間にある父上の刀を取ってきます」

「……無理をするな」

「わたし、父上の刀をひと振り、折ってしまったの」

「真剣を?」

「北畠先生が、真剣で習練せよと言って。この稽古場で父上の刀を使ったとき、宿院に折られたのです」

蔵人は黙っている。

「父上がわたしにつくってくれた木刀は、長さも重さも刀と同じ。先生は、いずれわたしが真剣を持つことを父上が望んでいるしるしだ、と。わたしは、宿院たちを倒すために、真剣を握らねばなりません」

「わしはそんなことは望んでおらぬ」

「乗り越えなければいけない武道の壁です」

「そんなものは、ありはせぬよ」

蔵人が顔を上げてこちらを見ている。

「いずみが、刀を持つのをためらっていたから、木刀をつくったまでだ。武術で人を倒すにしても、命を奪う必要はない。わしも人を斬るのは嫌いだ。これまで、人の命まで取ったことはない」

出血が多いのか弱々しく笑った。

「いずみが考えることが正しいのだ。殺すために剣を持てば致命傷を与えようと急所ばかりを狙うようになる。視野が狭くなる。だが、相手の攻めを封じるつもりで木刀を握れば、狙えるところは多い。視野は広がる。真剣で人を斬るばかりが武道ではない」

目を閉じて頭を垂れた。

「父上」

「……死んではおらんよ」

「わたし、父上の部屋から刀を取ってくるのではなくて、この道場に火を点けようと思います。今船屋さんが、焼くな焼くなと何度も言ってたけど、あれは、いざとなったら焼けと、逆の謎掛けをしていたのかしら。謀反の本陣になるくらいなら、道場を……」

火を点けるにしても縄を解いて台所へ行かねば始まらない。手首を動かそうとしてみたが、紐はよけいに肉に食い込んで、手指がしびれてきた。

吾久郎さんはあの紙片を奉行所の塚西さんに届けてくれただろうか。もしそうなら、いま頃、捕り方がこの道場を取り巻いて、踏み込もうと息をひそめているにちがいない。

いずみは外の気配に耳を澄ませた。

板間から誰かが廊下に出る音がした。

松虫と石津丸が急ぎ足で稽古場の横を通って玄関へ下りていく。くぐり戸のかんぬきをあける音が届いた。二人は外へ出ていった。

捕り方か。いずみは胸をどきどきさせて待った。

男の声がした。台所の勝手口の外だ。二言三言言い争うようで、すぐに静かになった。

玄関に足音が入ってきた。そのまま、どかどかと上がって、稽古場の板敷きに、一人の男が投げ込まれた。

「痛たっ、何をするかっ」

大小路吾久郎だった。いずみは、名前を叫びそうになるのをこらえた。ここで大小路などと名を知られれば吾久郎の命はない。吾久郎は、床に上半身を起こして、

「痛いではないか。乱暴は止せ」

と、こぼした。

投げ込んだ松虫と石津丸は吾久郎を挟んで立ち、腰の大小を取り上げた。

宿院と保春、妙国尼が現れた。松虫が言った。

「外で物音がするので見に行くと、こやつが台所をのぞいておった。道場の門弟でござる」

石津丸が吾久郎の顔を睨んで、

「昼間、カブを持ってきたやつだ。何かおかしいと勘づいて、ようすをうかがいに来たか」

吾久郎は宿院たちを見まわし、

「何だ、あんたらは。おれはただ、いずみどのが間違えて渡した文を、ほんとの文と取り換えに来ただけだ。ねえ、いずみどの、言ってやってくだされ……あれ、いずみどの、縛られてませんか」

石津丸が吾久郎の襟首を締め上げて揺さぶった。

「間違えて渡した文とは、どこだ」

吾久郎は、げほげほとむせて、

「どこだ、って?……あれはゴミだよ。焼け残りの焦げた紙切れだ。いずみどのはきっと恋わず

らいのあまり頭に血が上ってしまって、おれに書いた文と紙切れを間違えて渡したんだ。それでおれは、取り換えに来ただけ、げほ」

「その紙切れはどこにあるのだ？」

「おれの、懐に」

松虫が懐に手を突っ込んで紙片を取った。

「うむ、これだ。おぬし、これを誰に見せた？」

「見せぬわ、そんなゴミ。おれが人に見せびらかしたいのは、いずみどのの、げほっ」

保春が訊いた。

「おぬし、あのときどうしてすぐにひき返してこなかったのだ？　こんな夜になってからひそんでくるのは？」

「いやあ」

吾久郎は照れた。

「こういうのは、夜に忍んで来るものだと、黄表紙なんかには描いてあるではないか」

「ここへ来るのを誰かに言うたか？」

「おいおい、男と女の秘めごとでござる。早くに寝たと見せかけて、こっそりと抜け出してきた」

石津丸が刀を抜いた。

「ならば、憂いなく」

吾久郎は、ひえっと腰を抜かして、手のひらを上げた。

「待て待て。斬って花実が咲くものか。まあ待て。そんなもの振りまわす前によく考えなされ。どうするのが双方円満におさまりがつくか。金なら出そう」

尺取り虫みたいにじりじりと後ずさり、背中を板壁にぶつけた。

「斬ったら後で泣きを見るぞ。おれは、旗本、大小路刑部の息子だ。ちょっとでも傷つけたら、ただではおかんぞ。下がりおろうっ」

石津丸は宿院を振り返った。

「よい人質を得た。縛っておけ」

石津丸は刀を鞘におさめると、吾久郎の顎をこぶしで打った。ぐったりとなった吾久郎を松虫が荒縄を持ってきて縛った。手首、足首、胴までぐるぐる巻きにして、板敷きに転がした。

宿院と保春、妙国尼は、つまらぬ騒ぎに時間をつぶされたという顔で戻っていった。松虫と石津丸も、不機嫌そうに徒労感を表情に浮かべ、吾久郎の刀を持って稽古場を出ていった。

吾久郎は、転がったまま、ぴくりとも動かない。いずみは、はあ、と息を吐いて肩を落とした。

しばらくして、吾久郎が、もぞもぞと動きはじめた。ごろんと転がって、

「恵美須先生、お帰りなさいまし」

とささやいた。

「うむ。すまんな。このような目に遭わせて」

「何をおっしゃいます」

吾久郎は、ごそごそと体を曲げ伸ばしして、芋虫が這うように床を少しずつ進みはじめた。いずみに向かってくる。

「いずみどの」

足もとまで来た。

「拙者の頭を」

「え？　頭を撫でろと？　手を縛られています」

「違う。そうではござらん。あやつらに斬られる前に」

ごそごそと頭を寄せてくる。

「いやっ、近づかないで」

蹴飛ばした。吾久郎は、ごろんと転がって離れたが、

「誤解なされるな」

またごそごそと寄ってくる。

「頭を。拙者の髷を」

頭を、後ろ手に縛られたいずみの手に近づけた。

「髷のなかを。早く」

いずみは唇をへの字に下げて、右手の人差し指で吾久郎の髷に触れた。

「髷のなかに」

指先が硬い物に触れた。髷のなかに何かを隠している。

「カミソリでござる。ひっ張り出してくだされ」

言われたとおりに柄を持ってそろそろとひき出した。

「しっかりと握っておいてくだされ」

吾久郎はごそごそと体の向きを変え、いずみが握ったカミソリの刃で、自分の手首を縛った荒縄を切った。

「お貸しくだされ」

カミソリを取って、自分の胴と足を縛った荒縄を切ると、次にいずみを縛った紐を切った。続いて、蔵人の縄を切った。

「父上」

いずみは蔵人に寄った。蔵人はぐったりしたまま両腕をだらりと垂れた。

「お二人とも、縄を手首に巻いて、縛られているふりをしていてくだされ」

吾久郎は、爪先立って連子窓を少しあけると、隙間から手を出し、外に向かって振った。

「拙者は、台所の勝手口をあけてきます。そのままで、しばしお待ちを」

足音を忍ばせて廊下の際まで進み、奥のようすをうかがった。

建物の奥で大きな音がした。雨戸を蹴破る響きだった。いずみの寝間の辺りだ。

「何者っ」

松虫の叫ぶ声がする。

「恵美須道場の細井川だ。この顔を見忘れたかっ」

「同じく姫松泰治郎。道場を返してもらうぞ」

聞き慣れた声だ。いずみは胸が熱くなった。怒声と、斬り結び争う音が響いた。いずみは助けに行こうと立ち上がったが、柱に背を預けてぐったりしたままの蔵人を見て、自分も腰を落とし、縛られたふりを続けた。吾久郎は廊下を横切って台所に消えた。蔵人を助け出す算段をしているのだ。

斬り合う音は廊下に出てこちらに近づいてくる。泰治郎が後ずさり、石津丸の剣をしのぎながら、稽古場の横を、玄関へと退いていく。狭い廊下で、石津丸は鋭い突きを繰り出して、泰治郎は腕や頬に血を流し、切っ先が急所を突くのをなんとか防いでいる。廊下から玄関の式台に追い詰められた。あと一歩下がれば土間に転げ落ちてしまう。

「泰治郎さん、後ろ」

いずみは叫んだ。その瞬間、泰治郎は石津丸の剣を高く撥ね上げ、懐に飛び込んでいた。石津丸の体は振りまわされて土間を飛び、背中から玄関の大戸に激しくぶつかった。石津丸がふらふらとよろめいた隙に、泰治郎は大戸を開け放った。

雪の降る玄関先に、御用提灯がひしめいていた。御用だ、御用だ、と捕り方たちがいっせいに叫ぶ。その先頭に、塚西源之進がいた。

泰治郎は石津丸の襟をつかみ、

「出ていけっ」

と放り出した。

源之進が、よろめき出た石津丸の刀を奪い、ひき倒した。捕り方たちがどっとその上に殺到し、後ろ手に縄を掛けた。

源之進は玄関先から入って来ず、捕り方たちにも踏み込むのを待たせている。

いずみの目の前に、松虫が躍り込んできた。真剣が光り、ビュッと空を斬り、白い残像が暗がりに浮かぶ。

ガッと音を立てて、細井川信蔵の剣がそれを押さえた。松虫と斬り結びながら廊下を移ってきたのだ。いずみは、信蔵の手首の骨は折れていなかったのだと、ほっとした。

松虫は不敵に笑っている。

「師範代、おぬしの太刀筋は読めておるよ」

「参る」

飛び退き、松虫と信蔵は稽古場で対峙した。

二人は正眼にかまえ、ゆっくりと八相になおした。鏡を立てたように同じ動きだった。いずみには、松虫が信蔵の動きを真似ているのだとわかった。自らの呼吸を信蔵の呼吸に合わせて、太刀筋を読む。天下我孫子流の手だ。海千山千の松虫が信蔵を手玉に取って有利に進めるのかと息を詰めた。しかし、信蔵は、天下我孫子流を邪道だと言っていた。流派の剣技を見極めているのかもしれない。

「だあっ」

お互いに八相のまま飛び込んで、つばぜりあいを始めた。睨み合ってぐいぐいと押し合う。次に離れた瞬間が勝負の分かれ目になるのだ。松虫は得意の横一文字で信蔵の胴を割るだろう。いずみは警告しようと口を開いた。その瞬間、刀と刀が離れた。

松虫は、すばやく太刀を横に払おうとした。が、信蔵が目の前にいる。松虫に付いて、間合いを詰めてきたのだ。松虫は拍子を外されてもう一歩退こうとした。

「たあっ」

信蔵は後ろに飛び退きざま剣を振るった。松虫の右手の指がぱらぱらと床に落ち、太刀も落ちた。

「ううっ」

松虫は手で手を押さえて、うずくまる。

信蔵はその襟首をつかんで玄関にひきずっていき、外へ放り投げた。

源之進が松虫の脇差しを取り、身柄を捕り方に渡す。信蔵と泰治郎は、うなずき合ってふたたび玄関に入ってきた。

「それより内へ入ってくるな」

いつのまにか蔵人の前に北畠保春が立っていた。端正な顔立ちが凄愴の色を帯びている。信蔵たちを眼光で圧して、太刀を抜いた。

玄関土間から信蔵が声を掛けた。

「北畠どの。もはや大勢は決しておる」

泰治郎が言った。

「奉行所だけではない。お目付の配下もここを取り囲んでおる。観念して、武家らしく、身柄を預けられよ」

保春は、かたくなに唇を結んでいたが、切っ先で蔵人を指した。

「この男は兄のかたきだ。北畠家の長兄を死に追いやったのだ。縄目に掛かる前に、素っ首落として、かたきを討っていこう」

蔵人はぐったりと頭を垂れたままだ。いずみには、縛られているふりをしているのか、失血で本当に気を失っているのか、わからなかった。サラシに血が広がり、袴と床を濡らしている。

「父上、起きてる?」

動かない。

「父上っ」

保春の太刀が、蔵人の首を撥ねる勢いで振り下ろされた。

ガッ、と太刀は柱に食い込んだ。

蔵人は床を壁際まで転がり、掛かっていた袋竹刀をつかんで立ちあがった。

保春は片足で柱を蹴って太刀をひき抜いた。

蔵人が瞬速の勢いで面を打ちにいった。

保春は、ひらりと身をかわした。蝶の舞いだ。蔵人が竹刀を横に払うと、ビュッと空気が鳴った。

「くっ」

蔵人は喉を突こうと竹刀を突き出した。保春の太刀が一閃し、竹刀は途中から斜めに切り落とされ、短くなった。

「真剣でないとな」

保春が、にやりと笑って、太刀を振りかぶった。

にやりと笑っていたのは、蔵人もだった。

次の瞬間、蔵人の投げた竹刀が、保春の腕に突き立った。うっ、とうめいた保春の体が、蔵人に投げられた。宙を飛んで廊下を越え、式台に叩きつけられ、玄関土間に転げ落ちた。信蔵と泰治郎がひきずり起こして外へ放り出した。

稽古場の床に、保春の刀が突き立ったまま残された。

たたずんでいる蔵人に、いずみは紐を捨てて駆け寄った。

「父上、弱ったふりをしてたのね」

「そうでもない」

ふらりと揺れてうつむいた。

「たいした傷ではないが。いまの勝負で」

サラシが血でぐっしょりと濡れている。

「恵美須先生、いずみさん、こっちへ」

吾久郎が台所から手招きしている。いずみは蔵人の体を支えて台所へ移った。勝手口の木戸があいて、安龍和尚が待っていた。

「刺されたのだな？　庫裡で手当てをしよう。さあ」

いずみは、吾久郎と左右から蔵人を助けて土間に下り、勝手口から庭に出た。

雪は止まない。

「太刀で刺されたのか？」

と安龍が訊いた。

「懐剣だ」

「懐剣？　女に？」

「尼僧だ」

「尼僧に刺されるとは。なんだか艶っぽい話だの」

安龍が先に立ち、いずみと吾久郎が肩を貸して蔵人を歩かせる。

「恵美須蔵人」

後ろから野太い声が掛かった。

勝手口を背にして宿院隼人が立っていた。

二

宿院隼人は大小を腰に差し、仁王立ちでこちらを見据えている。

いずみは蔵人をかばって前に出た。

「恵美須よ。たとえわれらを斬ったとて、ひとたび兵が動けば、江戸幕府の世は、くつがえり、うぬらが逆賊になるのだ」

蔵人は丸腰で、吾久郎と安龍に支えられて立っている。玄関から井戸端をまわって信蔵と泰治郎が駆けてきて、いずみの前に並び立った。

宿院は刀の柄に手を掛けた。

「世直しの前祝いに、うぬらの血で雪を赤く染めようぞ」

「そうはいかぬ。宿院隼人」

いずみは声のしたほうを振り返った。

聖天寺の境内に、大小路刑部が立っている。黒い陣羽織に、黒い鉢巻を締めて、厳しい顔で宿院を睨んでいた。刑部の背後には、同じ黒い鉢巻を締め、たすき掛けをし、股立《ももだ》ちを取った侍たちが居並んでいる。

宿院は鋭い眼光を刑部に向けた。

「目付が自ら。鉄砲組をひきつれてきたか」

「大小路家の斬り込み隊だ」

「ふん、撃てば早いものを。幕府の鉄砲組はあくまでも秘密にしておくのだな。だが、下屋敷の秘密はすでに諸藩が知っておるぞ」

「この近辺にひそんでいた伏兵は、さきほどすべて捕縛した。わが下屋敷を襲う者はもうおらん」

「なにっ」

宿院は奥歯をぎりっと噛んだ。刑部は睨み返し、

「岡遠藩、高郡藩の謀反一味も、藩の目付、奉行によって一網打尽となった。さきほど知らせが入った。もはや挙兵はない。おぬしの野望は、ついえたぞ」

「……策が洩れたか」

「蔵人が幽閉から脱け出してすぐに各藩と江戸の大目付に知らせたのじゃ」

「恵美須は、まっすぐここへ戻ったと言うた」

「蔵人がそのような手抜かりをするか。たわけめ」

宿院は、うぬ、とうなり、憤怒の形相を蔵人に向けた。

「おのれっ、だああっ」

太刀を抜いて大上段にかまえ、斬り込んできた。

信蔵と泰治郎が抜刀してその行く手に飛び込んだ。宿院は太刀を大きく旋回させて二人を追い払った。素手で立ちふさがるいずみに迫ってくる。いずみは懐へ飛び込もうとかまえたが、蹴倒され、雪の庭に転がった。

大小路家の斬り込み隊が、どっと押し寄せてきて蔵人を守った。

「ええい、どかぬか」

宿院は、斬り込み隊を、一人、二人と斬り倒し、蔵人に迫っていく。斬り込み隊が次々に前に出て、そのあいだに蔵人は聖天寺に運ばれていく。

宿院は取り囲まれ、掛かってくる者を斬り伏せながらじりじりと勝手口に押し戻され、台所へ飛び込んだ。

信蔵と泰治郎が追って入る。いずみも斬り込み隊にまじって台所へ入った。侍たちは暗い土間できょろきょろと辺りを探っている。いずみは、斬り合う音と声を聞いて、廊下に上がり、稽古場に走った。

稽古場では、信蔵と泰治郎が宿院と剣を交えていた。信蔵はまっすぐに鋭く切り込む。泰治郎は間合いと拍子を変えてさまざまなところに斬りつける。宿院は剣を大きく振るって寄せつけない。

信蔵と泰治郎は右と左から同時に飛び込んだ。暗がりに白刃の残像が舞い、二人は左と右に転がり倒れた。二人の太刀が手を離れて板床に落ちた。泰治郎は胸を押さえて顔をしかめた。信蔵は左腕を右手で押さえ、よろよろと立ち、後ずさった。二人ともに斬られたのだ。宿院はとどめを刺そうと太刀を左わきにかまえた。

「止めなさい」

いずみは叫んだ。

「道場は血を流す場所ではありません」

宿院がこちらを向いた。返り血を浴びて人とも思えぬ形相でいずみを見下ろした。

「血が怖いか。斬られるのが怖いのか。神之木流恵美須道場の娘、勝負してみろ。刀を取れ」

顎を振って示した。北畠保春の落とした太刀が板床に突き立ったまま残っている。

斬り込み隊の侍たちが廊下に詰めかけた。

「手を出さないでください」

いずみは板床を進んで、太刀の柄に手を掛けた。ふと表情を変え、手を離した。稽古場の端までいくと、掛けてあった自分の木刀を取って、中央に戻った。

宿院が眉根を寄せた。

「あなどるな。斬られる気か」

「木刀でお願いします」

いずみは正眼にかまえた。

「情けは掛けんぞ。おまえを斬って、蔵人も斬る」

宿院は右わきにかまえていずみに向き合った。

二人は静止した。

保春の蝶の舞いを使えば、避けられるか。いずみは宿院の剣を見た。一度は通じるだろう。初めの一撃は避けられる。でも一度だけだ。宿院は保春の剣技を知っている。二度目にかわそうとすれば、先を読まれてあやまたずに斬られる。機会は一度だけ。

宿院が、はっ、と気迫の息を吐いた。殺気がいずみに押し寄せる。宿院の剣先がいずみの心臓めがけて殺到した。

いずみの体がひらりと、かわした。宿院は驚かず、のばした腕をひいた。

いずみの木刀が瞬速で動いた。ゴツッと骨の砕ける音がした。宿院の柄を握る右手親指の骨が砕ける音だった。

続いていずみの木刀が刀身の峰を打ち、宿院の手から太刀が落ちた。

「うぬっ」

宿院は顔をしかめ、すばやく左手で脇差しを抜いて投げつけた。いずみの喉を狙ったのだ。

カッと音を立てて、脇差しはいずみが立てた木刀に刺さった。

いずみは木刀の先をまっすぐ宿院に向けた。

「出ていきなさい」

宿院は、自分の刀を見下ろし、廊下にあふれた侍たちを睨みつけた。黙っていずみに背を向けた。侍たちが道を開けた。宿院は、玄関土間に下り、振り向きもせず雪のなかへ出ていく。

「三年前に湊さんを斬ったのはその男です」

いずみは叫んだ。宿院の後ろ姿は捕り方たちに囲まれて見えなくなった。

一瞬、めまいがした。その一瞬間に、いまの宿院との闘いがいずみの脳裡を駆けめぐった。宿院の速い動きもその瞳に映る次の一手も、闘っているあいだ、いずみにははっきりと見えていた。まるで時の流れがいずみだけゆっくり動いているようだった。武芸者としての覚醒を、いずみは感じていた。

めまいが消えた。壁際に座り込んだ信蔵と泰治郎を見た。

「傷は?」

「たいしたことは」

と声をそろえてこたえた。

いずみは板床にぺたんとへたりこんだ。

「はあ」

肩の力が抜けた。

木刀に突き立った脇差しが、鈍い光を放っている。

三

翌朝、雪は止んで空は晴れた。青い色と陽光は、春めいて明るかった。辺りを白く覆った雪は、とけはじめて表面がでこぼこに波打っている。

蔵人は聖天寺の庫裡の一室に寝かされていた。

安龍和尚の手当てで出血は止まり、傷もじきにふさがるということだった。

いずみは枕もとに座って蔵人を見た。蒼白な顔色だがおだやかな寝息を立てている。

「蔵人はここへ寄ってわしに連絡を取ってから、いずみちゃんを救い出すつもりで道場へ向かったのじゃ。刺されたのは、うかつだったな。臓腑が傷つかずにすんだからよかった。蔵人は、懐剣をとっさに避けたからだと言うが、刺した尼僧のほうが、手加減したのではないか」

安龍は、どちらでもかまわんが、という顔で教えた。

「あの尼僧は？　見当たらぬそうだな？」

「はい。昨夜の騒動で、夜陰にまぎれて姿を消したようです」

「あれだけの囲みを破ってか。あらかじめ逃げ道を用意しておったのかなあ」

「ひき返して来て父を狙うかもしれません」

「もう、それはないじゃろうて。狙われても、蔵人は剣客だ。隙を見せんよ。まあ、尼僧に二度も刺されてくたばれば、それも乙な死にざまだ。ははは」

いずみの顔をあらためて見た。

「さらに覚醒したな、今回のことで」

「留守番の務めに、でしょ?」

「剣士として、じゃ。留守番も見事に務めたのぉ。敵の手を読み、守る手を打ち、攻める手を打って。囲碁をやれば泰治郎よりも強そうじゃて。教えて進ぜようか? どうじゃ、わしと一手?」


いずみが庫裡から柴垣を過ぎて庭に戻ると、裏の畑のほうで人影が動いている。

雪に足を濡らしながら建物の裏手へ見にまわった。

畑の端の、雪が枯れ草を覆った斜面の一角を、塚西源之進が配下の者を指図して掘り起こしていた。捕り方の手先たちが、ムシロを被せた戸板を持ち上げ、道のほうへ運んでいく。ムシロの下には死体が横たわっているらしい。

源之進は、いずみに気づくと、枯れ草を踏んで斜面を上がってきた。険しい顔で戸板を見返って、

「松虫が、今船屋を埋めた場所を白状したので、掘り起こしていました。高郡藩藩士の住吉と鳥居を雑木林で斬り殺したのも松虫と石津丸でござった。あの夜先生を見たと嘘の書状を投げ込んだのも松虫だった。いずみさんが手に入れた焼け残りの文が役に立ちました」

「あれが奉行所に届いていたのですね」

「吾久郎どのが、いずみさんに託された紙切れを半分に割いて、一方を奉行所に、もう一方を自身が持って。下屋敷の侍を四方へ走らせてくれたのでござる。それからは、大目付の指図で、大小路の斬り込み隊、町奉行、寺社奉行がいっせいに動いて事に当たったのです。近在の大名屋敷や寺院にひそんでいた伏兵を捕え、謀反に加担しようとした大名、僧侶たちも皆、拘束しました」

「おかげで助かりました」

「いずみさんが道場で留守番をしながらいろいろと手を打ってくれたおかげですよ。だからこそ、師範代と姫松どの、吾久郎どのが先生を助けるために動き、和尚やハナちゃんも働いてくれました」

　道端に、大小路刑部と姫松泰治郎がたたずんでいる。刑部は、しころ頭巾を被り、袴に大小を差して、目の前を運ばれていく戸板の死体に手を合わせた。

いずみが源之助に会釈して刑部のそばへ歩いていくと、刑部は悔いた顔でムシロに覆われた死体を見送っていた。

「今船屋には申し訳ないことをした。せめて一人でも供の者をつけておれば助かっていたかもしれん」

いずみも刑部の後ろから見送った。

「今船屋さんは、道場を見守っていてくれました。大小路さまのご家中でしたか」

「商人だが、勘定方の蔵用人だった。もとは武士で、腕に心得があるからと言うので、わしもつい油断をしてしもうた」

「でも、吾久郎さんの働きで、父もわたしも命拾いしました」

泰治郎が言った。

「凍み豆腐。ハナさんを通して伝えてくれた凍み豆腐が四丁とは、妙国尼と仲間が四人いるとの符丁。いずみさんのあの合言葉も利きました。いずみさんの指図ですでに動く支度をととのえていた皆が、あれで一斉に動きだしました」

いずみは泰治郎を見た。

「事が動いたのは、吾久郎さんがうちへカブを持ってきてくれたおかげです。下屋敷へ帰って、すぐにあの紙片を塚西さんに届けてくれたのですね」

「そうでござる。ですが、カブを持っていくこと自体が、いずみさんの打った手に応じて道場のようすを探るためだったのです。いずみさんにあの紙片を預けられてから、吾久郎さまの人を指示する動きはめざましく、自らも道場へ戻るために策を練っておられました」

いずみは目を丸くした。

「あの吾久郎さんが？　これまでの見方が変わるわ。もしかして、日頃は装っているの？　粗忽者」

と言いかけて、刑部を見、口を閉じた。泰治郎は、

「さて、どうだか」

と首をかしげた。いずみは辺りを見まわした。

「そういえば、吾久郎さんは？　お礼を申し上げなければ」

「吾久郎さまは、今朝起きて厠《かわや》に入る際に縁側でうっかりと滑って転びまして。それから寝込んでおります。どうやら腕の骨を折っておられますな、あのようすでは」

よくあることですと言わんばかりに淡々と知らせた。

いずみが道場に戻ると、勝手口の前で、コタロウが座っている。いずみを見上げて、みゃあ、と鳴いた。

「コタロウ、お帰り。ハナちゃんのところに居たの。あの人たちが嫌だったのね。ごめんね」

コタロウの前にはネズミの死骸が置いてある。

「何これ？　お土産？　わたしへのご褒美？」

コタロウは、じっと見上げてくる。

「留守番は終わりだよ。コタロウもお疲れさま」

蔵人は翌日の朝には庫裡から道場の自分の部屋に戻った。

この日も快晴で、陽光には昨日よりもさらに春の明るさが増していた。雪はすっかりとけて地面は黒く湿っている。

蔵人は境内をゆっくりと横切って、柴垣を越え、庭に入った。いずみは後ろに付き添っていた。

前栽の隅のセンリョウの実が、スズメに食べられてわずかになり、残りの多くは地面に落ちている。枝に残った実も、しぼんで黒みを帯び、いのちの力を失くしていた。

いずみは近づいて、落ちているなかで、いちばん赤くてきれいな実をひと粒、拾った。勝手口の前で立ち止まってこちらを見ている蔵人に、手のひらに乗せたそれを示した。

「今年もおしまい」

「うむ」

蔵人は赤い実をのぞきこんだ。

「あのセンリョウの木は、母上が植えたの？」

「うむ？　おつうが好きだったので、二人で植えたのだが」

それがどうかしたかというふうにいずみの顔を見て、いずみの問いかけるまなざしに気づいた。

「わしが、隠密のお役で高郡藩に出向いて、国家老の帝塚山どのの宅を訪ねたときのことだ」

まぶたに焼きついている光景を伝えようとするふうに、よどみない口ぶりで、

「門から庭にまわるように言われて、庭で待っていると、赤い実が生っていた。センリョウの実だ。わしはセンリョウに顔を近づけて、匂いを嗅いだり、指先で触れたりした。すると、背後で、その実がどうかしましたか、と女の声がたずねた。縁側に、振袖を着た娘が立っていた。わしは、この実は食べられるのかと見ていました、とこたえた。娘は、それはセンリョウの実です、食べられません、と言った。わしが惜しそうにセンリョウを見ると、お腹が空いていらっしゃるの、と訊いてきた。そのとおりでござる、とうなずくと、娘は大きな声で笑いおった。しばらくお待ちくださいと言い残して障子の向こうへ消えた。その後、帝塚山どのが現れて、座敷に招じ入れられ、密談した。途中で、さっきの娘がおむすびを運んできた。これが、美味かった。お宅のお女中は料理が上手でござるなと感心すると、わたしが握りました、と娘が言う。内緒のお客人のようなのでわたしがこっそりと。わしが、かたじけないと言うと、でも、料理を作るのが好きですので、と」

手のひらの赤い実を柔らかいまなざしで見た。

「それがおつうとの出会いだった」

親指と人差し指でその実をつまみあげると、自分の手のひらでそっと握った。

蔵人が寝ると、いずみは自分の部屋で拭き掃除をした。細井川信蔵と姫松泰治郎が蔵人といず

みを助けようと討ち入ったとき、いずみの部屋の雨戸を蹴破って松虫たちと斬り合ったので、部屋は踏み荒らされていた。だいぶん片付いたけれど、畳に草履の跡が残ったりしている。絞った雑巾でごしごしと拭いていると、玄関で、

「おはようございます」

と声がした。細井川信蔵だ。いずみは雑巾を手にしたまま出ていった。

信蔵は稽古場にいた。持ってきた雑巾で、板床の端から、拭きはじめていた。

「どうしたの?」

信蔵は足を止めず、たたたたっ、と往復する。

「また昔みたいに毎朝これをしに来るつもり?」

信蔵は雑巾掛けをしながら、

「先生がお帰りなら、明日から稽古を始めましょう」

と言った。

「怪我をしていて、まだ寝てなければいけないの」

信蔵は端まで行って向きを変え、顔を上げた。

「拙者と姫松に任せてください」

返事を待たずにまた拭きはじめる。

いずみは、信蔵の軽快な動きを見つめていたが、

「そうね。そうします」

と言い、自分も反対側の端から雑巾掛けを始めた。

子供のときと同じ、早拭きの競争だった。いずみが半分も行かないところで、正面から来た信蔵に行く手をさえぎられ、二人は向き合って正座した。

「父と道場を守ってくれてありがとう」

「いや、いつぞやは、喧嘩を売るようなことを言ってしまい」

「いいの。あれはお互いさま。ごめんなさい」

同時にぺこりと頭を下げた。

「あなたの手首もたいしたことはなくてよかった」

いずみはそう言った。

「ちゃんと避《よ》けたのだ、北畠の太刀筋を」

と信蔵は眉根を寄せた。

「わたしもそうだけど、皆、一度は負けて学んだわね。あの人たちに」

「邪剣だった。勝つことより殺すことに喜びを見出している。学ぶべきところなどない」

「そうなの？　でも、細井川さん、ここへ討ち入ったとき、恵美須道場の細井川だ、この顔を見忘れたかって大見得をきってたわ。いつもの細井川さんじゃないと思った。あれは、あの人たちに負けないようにと気持ちを上げていたんでしょ？　学んでるって言えるわよ」

信蔵は顔を赤らめ、ますます眉根を寄せた。

翌朝から稽古を再開した。

門弟たちは、休みのあいだに他の道場へ移った者はなく、皆が稽古場に集まった。

蔵人は習練の初めだけ顔を出して、後は自室に寝に戻った。顔色も良くなっていて、もう四、五日すれば、着替えて袋竹刀を持つことができるだろうと思えた。蔵人の代わりに、信蔵と泰治郎が指導し、道場には元気な掛け声が響いた。

一人だけ休んだ者がいる。吾久郎だった。吾久郎さまは不慮の怪我の養生でしばらく休ませていただきます、と泰治郎が伝言した。

いずみは、もう稽古には出ない。

髪を島田に結い、袷を着て、ハナと一緒に町へ出掛けた。絹織物を始めるので、店に絹糸を取りに行ったのだった。

絹糸を預かって、帰り道に茶店で串団子を食べ、ハナとおしゃべりした。店先から、道向かいに、番屋が見えた。番屋は閉まっていて、世はなにごともなく太平楽に春が訪れるようだった。

いずみは、たわいのない話をしながら、ふと、防人歌のことを思い出した。『万葉集』に載っているという防人の詠んだ歌を、北畠保春が教えてくれた。どんな歌だったか、もうあまり覚えていない。家族を残して兵役に出た者の悲しみを詠んだ歌だったのは覚えているが。

道場に入り込んできたあの人たちが、その後どんなお仕置きになったのか、誰も教えてくれない。どこかの牢屋に押し込められてお沙汰が出るのをまだ待っているのだろうか。保春が師事していた綾野神明や、寺内町粉浜寺の住職らも捕縛された、と安龍和尚が言っていた。安龍の厳しい口ぶりから、宿院隼人はじめ、謀反に関わった者は皆、厳罰に処せられると思われた。事の重大さゆえ、大勢の者が秘密裏に斬首されるのだ、道場を乗っ取った連中はおそらくもう、斬首されただろう、と安龍はほのめかしていた。

いずみのまぶたには、保春の優しかった端正な顔が浮かんで、あの先生が言っていた理屈は、ぜんぶがぜんぶ、間違いではないかもしれない、ひょっとして正論かもしれない、とも思った。そんな思いは決して口にしてはいけないのだが。

「いずみちゃん、顔つきが変わったね」

ハナが最後の一本を頬張りながらいずみを見る。

「またそれ？　剣士の顔？　娘の顔？」

「剣士の顔。だけど、なんだか明るくなった。のびのび、ゆったりしてて。道場を守りきったからね」

「ハナちゃんにも助けてもらったよ」

「いずみちゃんの働きだよ。あの人たちの手に乗るふりをして、稽古を休みにして、道場にひき入れて。だからこそ、裏をかいて、守れたんだ。終わったね。もう稽古には出ないんでしょ？」

「出ない。けど、呼ばれれば出る」

「嫌じゃないんだ」

「もう、嫌ではない。こだわってないの。真剣を持たなくてもまったくかまわないの」

「そこで悩んでたの？　乗り越えたんだ。留守番、がんばったからね」

「うん。わたしは木刀で修行する。絹織りもがんばる」

「また留守番があればがんばる」

「それは嫌」

ははははは、と二人で笑った。

いずみは、宿院隼人との闘いを心と体に刻んでいる。あの闘いのなかで相手の動きも次の手もはっきりと見えた。剣士として目覚めたそんな自分を、助長させるのではなく、いまは抑えておくのがいいと感じている。

茶店を出て、通りを歩いていった。春めいた陽ざしが町を包んでいる。

とつぜん、こちらに向く視線を感じた。肌に突き刺さるほどの強いまなざしだった。

いずみは五感で身がまえ、その気配をたどった。

一軒の旅籠の前だった。黒目がちの瞳が見えたように思えた。

誰もいない。

まなざしも瞳も、いずみの錯覚だったのか、どこにも見えない。

法衣に尼頭巾の一人の尼僧が旅籠の軒下にたたずんでこちらを見ていた気がした。

いずみは周りを見渡した。

「いずみちゃん、どうしたの?」

「え?　うん……」

いずみは笑顔をつくり、あいまいにちょっと首をかしげる。絹糸を包んだ風呂敷を胸に抱くと、ハナと並んで歩きはじめた。


（了）

◎論創ノベルスの刊行に際して

本シリーズは、弊社の創業五〇周年を記念して公募した「論創ミステリ大賞」を発火点として刊行を開始するものである。

公募したのは広義の長編ミステリであった。実際に応募して下さった数は私たち選考委員会の予想を超え、内容も広範なジャンルに及んだ。数多くの作品群に囲まれながら、力ある書き手はまだまだ多いと改めて実感した。

私たちは物語の力を信じる者である。物語こそ人間の苦悩と歓喜を描き出し、人間の再生を肯定する力があるのではないか。世界的なパンデミックや政情不安に覆われている時代だからこそ、物語を通して人間の尊厳に立ち返る必要があるのではないか。

「論創ノベルス」と命名したのは、狭義のミステリだけではなく、広義の小説世界を受け入れる私たちの覚悟である。人間の物語に耽溺する喜びを再確認し、次なるステージに立つ覚悟である。作品の刊行に際しては野心的であること、面白いこと、感動できることを虚心に追い求めたい。

読者諸兄には新しい時代の新しい才能を共有していただきたいと切望し、刊行の辞に代える次第である。

二〇二二年一一月

三咲光郎（みさき・みつお）

1959年大阪生まれ。関西学院大学文学部卒業。1993年に『大正暮色』で堺市自由都市文学賞、1998年に『大正四年の狙撃手』でオール讀物新人賞、2001年に『群蝶の空』で松本清張賞、2018年に『奥州ゆきを抄』（岸ノ里玉夫名義）で仙台短編文学賞を受賞。2022年に『空襲の樹』で第1回論創ミステリ大賞を受賞。

娘剣士《むすめけんし》 守《まも》りて候《そうろう》　〔論創ノベルス018〕

2024年11月10日　初版第1刷発行

著者	三咲光郎
発行者	森下紀夫
発行所	論 創 社 〒101-0051　東京都千代田区神田神保町2-23　北井ビル tel. 03（3264）5254　fax. 03（3264）5232　https://ronso.co.jp 振替口座　00160-1-155266
装釘	宗利淳一
組版	桃 青 社
印刷・製本	中央精版印刷

ISBN978-4-8460-2468-0